永恒在刹那间收藏

许艳文　著

文化发展出版社
Cultural Development Press

图书在版编目（CIP）数据

永恒在刹那间收藏 / 许艳文著．－北京：文化发展出版社，2019.1
ISBN 978-7-5142-2499-3

Ⅰ．①永… Ⅱ．①许… Ⅲ．①散文集－中国－当代 Ⅳ．① I267

中国版本图书馆 CIP 数据核字（2018）第 296309 号

永恒在刹那间收藏

许艳文 著

出版人｜武 赫
主 编｜凌 翔
策划编辑｜肖贵平 **责任编辑**｜肖贵平
责任校对｜郭 平 **责任印刷**｜杨 骏
责任设计｜侯 铮 **排版设计**｜浪波湾

出版发行｜文化发展出版社（北京市翠微路 2 号 邮编：100036）
网 址｜www.wenhuafazhan.com
经 销｜各地新华书店

印 刷｜三河市华东印刷有限公司
开 本｜787mm × 1092mm 1/16
字 数｜190 千字
印 张｜13
印 次｜2019 年 3 月第 1 版 2019 年 3 月第 1 次印刷
定 价｜49.80 元
I S B N｜978-7-5142-2499-3

对程序化生活的抵抗（序一）

王跃文

我几年前看电影《黑客帝国》，最强烈的心理感受是恐惧。那部电影里，人不过是巨大的电脑网络系统里放牧的动物。你被赤裸裸放在一个盛满营养液的器皿里，身上插满各种插头。你以为你在工作、在恋爱、在奔跑、在生儿育女，其实你不过是接受了电脑系统输送给你的感官刺激信号，你存在的唯一意义是用肉体作为电池，维持那个巨大的电脑网络运行。

也许是我的误读，我总觉得那个电影是对人类现代生活的一个寓言。有时忙碌了一天，不知不觉已到深夜，洗洗漱漱后躺在床上，下意识把一天的生活在脑子里回放一遍，常常免不了惊出一身冷汗。这一天里，我行走、说话、微笑，像模像样，做了一件堪称完美的工作，可是，我能确认所有的这些，都不是早已被设定好的程序吗？我的每个眼神，每句话，难道不是按照社会这个巨大的系统的需要输出去的吗？我遇见了多年前的老友，我们曾是无话不谈的兄弟。我们一见面就搂肩拍背，在酒楼里推杯换盏喝得满脸通红，分手时依依不舍热泪盈眶。背过身一想，我们真的对彼此敞开了自己真实的内心吗？甚至，我自己省视我的内心吗？熙熙攘攘的人群里，我们真正遇见过谁？万籁寂静的夜晚，我们是否也偶尔遇见自己？

我们被程序化了。我们只需对生活做出需要我们做的反应就行。我们不关心春夏秋冬，只知道打开和关上空调。我们无所谓河流污染，只要超市里还有标着天然山泉商标的矿泉水卖。我们热热闹闹，匆匆忙忙，不过是走着每天都要运行的程序。我们很正常，我们不是病毒，我们不会被删除。

许艳文的散文集是对这种生活做出的抵抗。无论是她对四季的感悟，对山水的流连，对人事的喟叹，对生活本真意义的追问和思考，都是一个寂寞而执着的抵抗者形象。她唯恐自己也被看似正常的生活所催眠，努力睁大眼睛，保持着意识的清醒和心灵的敏感。春花秋月，雨夕风晨，她都在看、在听、在触摸、在感受。她不矫情，不故作姿态，不是茶余饭饱之后的无聊消遣，也不求语惊四座一鸣惊人，而是不避平实，不嫌琐细，老老实实翻捡着自己的生活，在自己绿色篱笆园地里认真耕作，多年时间下来，收获着朴素真实而又晶莹剔透的果实。

我很喜欢读许艳文回忆人事的那些散文。她的笔下有对亲友的追念，有对名人的素描，也有对偶尔出现在她生活中的小人物命运的关切和深情。她这一类的散文大多以事记人，笔法清丽简约，有时仅寥寥数语，浅淡的几笔，人物的性格心境便跃然而出。她有篇散文记同事阿段的妻子，写阿段妻子身患绝症住院，凄冷的雨天，一只黑白羽毛的小鸟飞上窗台复又飞走，阿段妻子转瞬间的欣喜和失落，写得很是传神且意味深长，颇有几分小说神韵。

——王跃文，当代著名作家，湖南省作家协会主席，鲁迅文学奖获得者。

文学是个梦想（序二）

欧阳友权

艳文是个才女。她做学术、写评论，取得过许多成果；做演讲，弄得风生水起；写长篇，也出手不凡。近年常读到她的散文和诗作，字里行间充盈着的艺术灵气，总能给人以新的惊喜。因为有过一段师生之缘，艳文的作品我十分关注，每每见到，我都会认真读一读。特别是她的散文，如同她温婉、细腻的性格一样，不仅写出了日常生活的滋味，也写出了个性生命的情怀。我想，这些落笔成文、感悟独到的篇什，不是仅仅用“勤勉”二字就能解释的，而是勤勉、才情和诗性睿智的结晶。这部散文集正是艳文文学天分的一个表征。

文学是一种梦想。从许艳文这些年的创作走向来看，她是一个有梦想、有激情的作家，一个能在俗世生活中发现诗意的观察者。海德格尔在他的哲学体系中，曾提及关于人类生存的重要命题，认为人要诗意地在大地栖居。对于芸芸众生，能做到这一点谈何容易。艳文似乎企望于平实的生活中寻找或营造出浪漫与诗意来。她以一种人文情怀与亲和叙述，为自己建构了一片丰盈而繁茂的文学绿地，标示自己在文学追求与精神向度上业已抵达一定的精神境界。总体来看，艳文的散文作品散发出一种纤细的怅惘和臻于化境的美，其明亮的光线和欲说还休的蕴藉，往往给人留下深刻的印象。

应该说，艳文是勤勉努力的，最近几年时间，以研究中国戏曲为主的她逐渐从做课题、查资料、写论文的书斋里走出来，进入鲜活的现实生活，细致观察，勤于思考，以文学的方式与这个世界对话，先后出版了中篇小说集《女人三城》、长篇小说《西风吟》、散文集《子夜独语》《沉在湖底的天堂》《记忆房间》、诗歌集《站在原地》。许艳文的新散文集《永恒在刹那间收藏》即将付梓，我在读过她十几万字的书稿之后，感觉这本散文集突破了她原来的写作路径，不再囿于即景随感式的写作，更注重既书写个人命运的起伏，又反映时代风云的嬗变；既热衷故乡旧院的精微描写，又乐于域外游历的现场记录。这种写作涉及了人生、自然和社会的方方面面。

这本散文集的相当篇目在追溯人生踪迹，有个人记忆，也有集体记忆。或为生活记录，或为人生体悟，或为远足感触，或为书斋凝想。举凡感悟自然风物、书写日常生活、喟叹世风人情、体察友谊情感、追忆沧桑历史、游览西方异域、宣传中华文化等，均为信笔而来，自然而成。有初涉人世的童心童趣，又有成长过程的艰难坎坷；有对至爱亲朋的眷顾怀念，又有游览异国他乡的瞬间心得；有对现实生活的真切感受，又有徜徉于书卷中的点滴感悟。通过最原始最纯粹的行踪记录，“老照片”

般真切反映了时代风貌与社会生活在作者内心的投影，表现出作者在漫长岁月里始终自我观照、自我剖析、自我砥砺、向上向善的情怀，透射出浓浓的人文关怀与深厚的文化底蕴。

作为一名学者型作家，艳文试图用开阔的视野、唯美的文字、细腻的笔法写出内心真实的感受、困惑、求知与探索，力求以本真的情感与情怀，将读者带进邈远而悠长的生活情境之中，一起思考人生的意义与价值，从而启迪对未来充满期待与向往的信心。

《永恒在刹那间收藏》记写了作者的成长历史与前行足印，有若干篇目已在省内外大刊发表。湖南作家晏建怀在《湖南文学》杂志读过之后评价说："读了《小北街一号》，欣喜于作者成长河流里美丽的浪花，原来美好的心灵就是这样凝成的。母亲、祖母，长妈妈一样的姨婆，亲切、温情，生命中有这些，生命会丰富充盈，足够一辈子享用了。"

从以上各辑看来，许艳文的散文集线索分明、指向清晰，将作家的生命关怀倾注到阔大的自然世界与历史空间，可谓以文立心，以文立意，以文寄情，以文抒怀。我对这本书的出版有着深深的期待，更期待今后能欣赏到艳文更多更精彩的作品。

——欧阳友权，中南大学教授，博导，湖南省作家协会名誉主席，湖南省作家研究中心主任，著名评论家，鲁迅文学奖获得者，多次担任茅盾文学奖评委。

目　录

第一辑　朝花远影

第二辑　吟风听雨

第三辑　流金岁月

第四辑　远足漫记

第五辑　人海心湖

第六辑　书香气韵

第一辑　朝花远影

记忆之始

说到故乡——其实是我父亲的故乡，楠木山，是一个梦，一个符号。从我记忆开始，这个梦，这个符号就一直萦绕在心里，根深蒂固。虽然，也曾走过千山万水，看云起云落，然故乡的影子总在眼前飘飞，挥之不去。

我相信，人在生命早期，总会留下些模糊的记忆，那么，记忆到底从什么时候开始呢？这个问题总在我心里跳来跳去。也许每个人都不尽相同吧？我宁肯相信我的记忆至少是从四岁开始——目前能够记住的人和事大约就在这个时期。倘若现在搜索我一生中记忆最早的事情，似乎与祖母的死有关。

祖母生前尚未给我留下半点印象，这大概与我们从未一起生活过有关系吧？就算父母经常带我去看过她，而且在我刚出生那时她还照顾过我，但记忆尚处于朦胧状态，或者说根本没有进入记忆。等到可以记事时，祖母却在那年去世了。

应该是在一个寒冷的冬天吧？风卷着雪花紧紧刮了一天，白雪将山路蜿蜒成一条绸带，一直延伸到楠木山祖母的屋前。树林里寂然无声，落了雪花的树梢，斑斑点点；山溪水潺潺流淌，发出轻微的叹息声。父母山一程水一程，带着我急巴巴赶回楠木山奔丧。院子里堆满了人，三三两两在说着些什么，空中弥漫着若断若续的啜泣声。祖母已经落气，灵堂刚刚搭好，搭在我三叔的堂屋里。山里的寒风，一绺一绺钻进脖子，身子瑟缩着不停地发抖。

祖母躺在冰冷的灵柩里，天堂的歌声在空中回响。父亲站到前面，大声说了好些我听不明白的话，此时，院子里的人开始大哭，很快呜呜咽咽哭成一片，我父母也哭得撇下我不管。之后，大人们一个个上前跪在我祖母灵柩前磕头作揖。轮到我们小孩子时，也学着大人的样子做。我紧跟在二堂兄后面。二堂兄长我一岁，小小年纪，头发却是花白的——他这一辈子好像从未年轻过，我们几个弟妹都叫他“老头子哥哥”。二堂兄很听话，他顺从地跪在祖母灵柩前，不停地磕头，不停地作揖，等他起身后，父亲便叫我上前，可谁也没有料到，那一刹那间我突然转身跑开了，头都不回地一个人跑出大门去。

逃离？我想逃离？那时候的逃离意味着什么？这种逃离为什么令长辈们大惊失色？父母在后面扯着嗓子大声叫我，叔叔婶婶们也扯着嗓子大声叫我，几个堂兄堂弟一个接一个跑出来追我，他们是山里的孩子，一会儿就追上了我，硬是把我拽了回去，父母要我马上跪到祖母面前磕头作揖，我看着他们奇怪的眼光，倔强地站在那里一动不动。

母亲拉着我的手说：“乖，快去吧，像他们几个那样去磕个头作个揖吧。”她指着我的几个叔伯兄妹说。

我连连摇着头说：“不，我不。”

母亲说：“你必须去！”

我吃惊地看着母亲有些愠怒的脸，依然摇着头坚定地说：“不，我不去嘛！”

那时候的我，哪里懂得死亡是一种多大的伤悲啊！

我只是个不谙世事的小小女孩，是受父母宠爱的小小女孩。父母的不满，亲戚们的诧异，对我来说都无所谓，我哪里懂得顾及他们的感受呢？那时候我只管按自己的感觉行事。小小年纪，不愿意磕头作揖，难道是与生俱来的某种东西在作祟吗？从事实本身来说，是对祖母极大的不恭，却又是人生的第一次反抗——直到今天还对自己大惑不解。

现在细细回味一下，当时的自己不懂感情，不知礼仪，真是一个懵懂无知的小家伙。在那般重大的事情面前，不屈服于任何人，不惧怕旁人的非议，实在是匪夷所思。一个小小人儿，未曾受到过社会任何浸染，不懂得人在社会中生活，应该怎么样，不应该怎么样，完全根据内心的真实感受来决断自己的行为，现在想想得需要多大的勇气啊！

可惜的是，一生中就一次，唯一的一次。遗憾那时候没人给我拍照，如果真能留下几张照片，不知道眼里到底藏着些什么神色？不解？不安？不惧？不屑？不愿？不管？我的天啊，那该是一个多么陌生的主啊！

小北街一号

我出生时的家位于县城北边，居北正街尽头小巷第一家，原名为“小北街一号”，“文革”期间曾改为“民主路一号”。这是一个有些年头的老式院子，与县政府毗连，仅一墙之隔。很多年里，我常常梦见我在这个院子里翩翩起舞，也许它是深藏于我心底的一个梦，一个无法释怀的梦，也是我心里一份久远的牵挂。如果我的心把这个院子弄丢了，把这个梦弄丢了，我的损失将会永世莫赎。

我不止一次在我的文字里写道：院子正中是一栋深褐色木板房，年久失修，斑驳沧桑。院子里有柚树一棵，颇有年轮；橘树数株，正值壮年。还有桃树、李树、梨树、杏树、柿子树、枇杷树、棕榈树……通往房屋的过道，搭了高大的葡萄架，种植了紫葡萄；房屋右侧也搭了高大的葡萄架，种植了白葡萄。除了这些，遍地都是各种各样的花草，月季两三簇，芍药四五蔸，菊花六七盆。院子里四季葱翠，清香满溢。等到秋天橘子红了时，枝头像挂满了无数小灯笼，风过时，叶与叶摩挲，橘子与橘子亲昵。若是风把门推开，会馋得路人涎水直流，怕是忍不住要跑进来摘几只尝尝鲜了。

院子原来的主人是我母亲的姨妈，一位视我母亲为已出的人。父亲当时在县政府工作，为了生活方便，他和母亲几番商议后，狠狠心筹到一笔钱，买下了这个院子。母亲后来告诉我说，她从老家跑进城里，一直寄住在姨妈家，老人身边没有亲人，守寡带大的一个儿子英年早逝，从夫家继承到的这个院子不愿意旁落他人，巴望着我母亲能成为主人。实际上，偌大的一份家产，她算是半卖半送地给了姨侄女，也就是我的母亲。

姨婆过世后，母亲自然成了院子的主人。她皮肤白皙，凤眼小嘴，端庄雅静，笑靥如花，是这个院中不折不扣的“花魁”。我想，倘若没有母亲轻盈敏捷的身影穿行于其间，院子纵有花草的芬芳，美丽也是没有灵魂的。

院里还住了两户人家，都是沾亲带故的人，一是母亲的舅父，一是母亲的远房叔父。父母没收取他们一分钱的租金，一直让他们住了下来。父亲经常出差，母亲便是这个院子的灵魂人物。她那些年里很辛苦，每天早出晚归带我去中杨溪学校上课，好不容易等到一个周末，又闲不住地在院子里忙开了。大院门内有一口水井，井水清澈透亮，冬暖夏凉，我喜欢冬天到井边陪母亲一边洗菜一边说话，一双冻得发红的小手，哈了半天气也没用，把手伸进水桶里，一会就暖和了。我纳闷井水怎么会这般神奇？母亲是个极爱干净的人，只要天晴，不是洗衣服就是洗被罩，在我的印象中，她几乎没有空闲的时候，院子的每一个角落都留下了她或深或浅的脚印。

母亲曾给我讲过关于我出生后的一些事情，说祖母与姨婆都争抢着要带我，两位老人为此事闹得很不愉快。姨婆是城里人，担心我祖母带不好孩子。我的祖母则理直气壮地认为，你有什么理由与我抢呢？这孩子可是我的亲孙女呀！

最后到底是哪位老人抢赢了？我一直没有问明白，隐隐约约从母亲的言谈中感觉到是姨婆把我祖母给气走了。母亲有些尴尬地圆着话说："你的姨婆，虽然关系上与我们隔了一层，但她待你就像自己的孙女，是一种真心的疼爱。总是宝宝、宝宝地叫你，把你抱过去就舍不得再放开。"母亲还细细碎碎告诉我许多关于姨婆的事情，"她腿脚不灵便，眼睛也有些模糊，却常常带你出门去买东西吃，还天天给你讲故事，讲狼外婆的故事，讲妖怪的故事，讲鬼的故事，你那时候很喜欢听，才刚刚学会说话，把孙悟空说成了'孙悟通'、猪八戒说成了'猪八拜'，沙和尚说成了'沙和躺'，这样可乐坏了你姨婆，老人家笑得合不拢嘴。"长大后听母亲说到这些，我马上想起了鲁迅笔下的"长妈妈"，那也是个会说故事的女人，为鲁迅买了许多好看的图书，给童年求知的鲁迅极大的影响。我不知道我的姨婆为什么如此喜欢我？我也记住了这位老人对自己所有的关爱和照顾。从某种意义上来说，这位姨婆算得上是我学习语言的启蒙老师，我后来在这方面取得的一点进步，恐怕与姨婆给予的影响分不开。

多好的一位老人！可惜的是，在我未能记忆的情况下，老人已匆匆离世，永远离开了这个令人留恋的院子，离开了她视为亲人的我们。姨婆没有给我任何报答她的机会，这不能不说是一件十分遗憾的事情。

姨婆去了另一个世界，与我们阴阳两隔，然而一位白发苍苍、瘦弱佝偻、慈眉善眼的老人却常在我心头浮现，她依然蹒跚地行走在我们的大院内。此刻，借用一句鲁迅先生的话来表达自己的心意：仁厚黑暗的地母呵，愿在你怀里永安她的灵魂。

小戏迷

我家乡的剧团主要演出汉剧，小时候，父亲常常带我去县剧院看戏。说不清楚到底是哪一天我被舞台上那些仙女般的女子迷住了，喜欢她们俊俏的扮相，喜欢她们漂亮的衣服，喜欢她们袅袅婷婷的台步。更为荒唐的是，我以为戏里的故事是假的，因为台上舞枪弄棍、打打杀杀，被刺中的人顺势倒下，一会儿就溜进帷幕里了。那时候我在心里说，嘿嘿，在装死吧？只有电影才是真的，电影里的人死了就是真死，没见那被一枪打中的人胸口正流血呀！直到成年后才知道，原来戏曲表演是按照生活的真实性加以模仿并在形式上固定了的，即程式化表演，“死”只是一个规定了的动作，与观众约定俗成就可以了，而且，电影里的“死”也是假的，不过是另一种表演体系罢了。

父亲有大半时间在外出差，他一回家真是过节的日子，母亲笑逐颜开地一边唠叨一边为他做上可口的饭菜。父亲喜欢喝点小酒，全家人围着桌子说说笑笑，其乐融融。一顿饭之后，母亲在厨房忙着收拾洗涮，父亲便将一张竹躺椅搬到院子的柚树下，悠然自得地拉他的小京胡。他微闭着眼睛，脑袋前后左右地晃动，一边拉一边哼唱，情绪完全进入曲子里去了，可惜我当时一句也听不懂。父亲是个地道的老戏迷呢！看他那副专注凝神的样子，我忍不住蹑手蹑脚走到他身边，扯住琴弦这一端，跟着父亲的节奏前后地拉，父亲感觉有点异样，忙睁开眼睛，见是我在捣乱，并不生气，继续拉下去，我也继续“帮忙”，结果，琴弓上的马尾断掉了好几根，发出叽叽嘎嘎刺耳的声音来，活像好几只老鼠在打架。父亲停下来，看看我，咧着嘴笑了一下。

只要父亲在家，他总要带我去看戏，母亲因忙于备课、批改作业，看戏的机会很少。父亲一边看戏一边摇头晃脑地跟着哼唱，他似乎很熟悉那些唱腔，真正进入到品味与鉴赏的状态。我安静地坐在父亲身边，目不转睛地盯着台上，看不懂故事情节，更听不懂怪声怪调的对白（韵白），不喜欢挂胡子的人（须生），也不喜欢鼻梁上有一小块白粉的人（丑行），只痴迷那些衣着华丽、婀娜多姿的古装女子，她们一颦一笑、一举一动、一招一式都那样妩媚生动、优美蕴藉。后来我才明白，戏曲是一种写意艺术，与中国的诗词、水墨画、书法有异曲同工之妙，具体通过“虚拟性”与“程式化”来体现，在舞台上变化万千、多姿多彩，所谓“无声不歌，无动不舞”。晚清大学者王国维界定为：“戏曲者，以歌舞演故事也。”

一出戏的时间很长，往往要大半夜才结束。父亲兴致勃勃地从头看到尾，可我总是熬不到最后，每次看到一大半时便倦怠地伏在父亲身上。台上咿咿呀呀地没完没了，在这样的催眠曲中我很快睡着了。等到散场时，父亲背着我走出剧场，在半睡半醒的状态中，朦朦胧胧感觉到深蓝色的天空有无数颗星星在眨巴着眼睛。

记得我入学前，母亲有时自己去学校上课，把我一个人留在家里。她临走时再三叮嘱我说一定要将大门关紧，不能随便给人开门，也不能靠近水井。我虽然心里极不情愿，但每次都很听话地按母亲说的去做，小心照顾好自己。有次母亲就在附近开会，我实在不愿意一个人待在家里，拉着母亲衣角说想和她一起去，母亲犹豫半刻，还是摇摇头说不太好，怕影响会场纪律，怕别人说闲话，任凭我再三哭着请求，她就是不允。

有什么好玩的呢？那就来学习演戏吧。有了这个想法，以后只要母亲把我留在家里，我翻箱倒柜找出那些花花绿绿的被单披在身上，再将一条有流苏的浅绿色围巾对折后披在肩上，还在院子里摘几朵粉红色月季花戴在头上。你看，一个美丽的古代小女子娉娉婷婷出场了！床不是最好的舞台吗？蚊帐就是帷幕，两边一拉开，演出开始了！可是这个活动的空间也太小了，转来转去很是不爽。我干脆跑出房间，在院子的空坪里，在廊檐下，任由我一个人念唱做打。

母亲后来知道了我的秘密，一个亲戚无意中也发现了我的爱好，她认真地对我母亲说："这孩子有天赋啊，是块唱戏的料，你何不送她去学戏呢？"母亲听了大为惊讶，"学戏？那怎么可以呢？小孩子还是好好读书才行"。母亲骨子里留有正统的观念，她认为女孩子的正途还是念书，"唱戏会有什么出息？无非是个戏子。"

母亲这样的态度，注定我后来没有任何机会发展自己的爱好，更难说进入戏曲表演殿堂了。唯一欣慰的是能够经常与父亲去看戏，每看完一出，我就会溜空在大院里偷偷地模仿一回。偌大的院子里空寂无人，柚树橘树是我的观众，鸟儿雀儿是我的观众，清风朗月是我的观众。小戏迷当初一段自得其乐的生活，如今回味起来，自是别有一番滋味在心头了。

家　公

他应该算得上我文学的启蒙老师之一；而我又一直以为他未必能够荣膺这样的称呼。

我童年的居处，是我父母积攒工资买下的一个旧院，从我记事开始，就感受到了这院子的妙处，虽则是破旧了些，但院子宽敞疏朗，房屋周正规整，还有满园果树，百色花卉，给颇有几分清冷的院子增加了许多活气和色彩。

在我家这个院子里，每天蹒跚地行走着一个老人，他驼背弓腰，身子佝偻，一拐一拐地走着内八字，不论秋冬春夏，身上总穿一件又长又宽的黑色对襟衣。老人秃头，尖下巴，眼睛斜视，你看他时，只能看到他眼眶里的白眼珠。我那时第一次看到有这样眼睛的人，不免感到有些可怕。

我对母亲说："妈妈，这老头真是讨厌，可你为什么要我叫他家公呢？"

母亲解释说："他和我一样也姓肖啊，因为和你家公是一个辈分的，我管他叫满叔，所以你就得叫他家公。”家公，在我们老家就是外公的意思，我自己的家公早已过世，眼前这个家公又是那样一副糟糕的模样，见着他不得已还要叫上一声，心里可别扭着呢！

家公的老婆我管她叫家婆。本来这两位老人与我们家八竿子打不到一起的，我父母心地善良，看他俩无儿无女，无依无靠，政府只给一点点生活补贴，于是腾出一间房子免费让他们住下来。

家婆人还不错，老太太慈眉善眼的，厚道本分，温柔和气，常年在外给人带孩子，很少回家。偶尔回来，还会莫名其妙被老头一顿打骂。这家公每天吃过饭就到外面闲逛，四处收集小道消息，或为街坊邻里的隐私，或为近期的八卦新闻，然后张家说到李家，李家说到刘家，回到院子里还要特意说给我母亲听。在我的印象中，家公似乎很少说别人的好话，如果有哪家遇上麻烦，他倒是幸灾乐祸地说三道四。母亲心里也有些厌烦他，又不好做出样子来，常常一边做手里的事，一边似听非听地哦哦几声。最让人受不了的是，家公说话时咧开一张歪嘴，一口一声国骂，唾沫四溅。有次，母亲悄悄告诉我，早听上年纪的人说起，这老头从来就是个游手好闲的混混。

每到冬天，家公会成为我们家的常客。那年月，父亲经常出差在外，母亲白天上班，到了晚上，我和母亲相依相伴。不管刮风还是下雨，家公依然坚持出门，他手里提了个竹烘笼，一会拢在前面的衣服里，一会放到后面的衣服里。每天晚饭后出去玩耍，要到十点左右才回家。进了大门，他习惯性地高声叫我母亲一声：“外头还有人吗？”母亲大声回答说：“满叔，都回来了呢！”家公就把门插上栓子。

一个大雪纷飞的冬夜，家公回家照旧问了一声之后便关好了大门，然后走过一条被大雪覆盖的小径，来到我家房门口，咳咳两声，问道：“你们还没睡吧？”尚未等我母亲回话，他已经推开门一脚跨进来了。我和母亲此刻正蜷缩在烤火箱里，母亲眯缝着双眼，咕哝着说：“哦，满叔来了呀，快进来坐坐吧。”

听到母亲这样热情招呼他，我心里老大不高兴，实在不喜欢这位家公来我们家唠唠叨叨的。然而母亲已经这样开口了，我还能怎样呢？极不情愿地叫了他一声，那声音现在想来应该很生硬吧？

家公也不说客气话，只管自己往旁边的椅子上一坐，带点煽动性的语气说：“你不知道啊，今天我又听到一件新鲜事呢！唉，这人啊，真是说不清楚呢！”

还没等我母亲有任何反应，家公便津津乐道地说起了外面的传闻，他眉飞色舞，拿腔拿调，无非是谁家死了人，谁家两口子打架，等等。在我的印象中，他几乎不说任何人的好话，说出口的都是尖酸刻薄的语言，难怪母亲私下里说：“外面没人喜欢他，都讨厌地叫他肖家老头子，这老人家待人缺乏善意嘛。”

母亲礼貌地从火箱里起身，掀开火被说：“满叔脚冷吧，上来烤烤火吧。”她挪动一下身子，叫我坐到她身边去。

家公看到我给他腾出了位置，龇牙咧嘴地笑笑说：“嗯，今天下雪，是有点冷呢。”他一边说一边抬脚上了火箱。

我挤在妈妈身边，看着对面家公不断滚动的白眼珠，看着他皱巴巴的树皮脸，听着他兴致勃勃说着外面的新闻，从心里感到厌恶，巴望着他快点走开。

他大概看出了我不耐烦的情绪，突然停住了，说：“我来给你们摆个龙门阵吧！”他咳了一声，往屋角吐了一口浓痰。

我看不过去，闭上了眼睛。

“从前有个叫薛平贵的……”薛平贵是谁啊？在我的记忆中，这是家公为我讲的第一个故事。

我开始将身子坐正，眼睛一动不动地看着他，听他说起了薛平贵与王宝钏的故事，以前只听到姨婆说些狼外婆与鬼怪的故事，像这样精彩的人物故事我还是第一次听到，家公竟然讲得栩栩如生、绘声绘色的。家公说：“王宝钏命苦啊，一个宰相的千金小姐，花容月貌，何等娇贵，不顾父母阻拦，下嫁给贫困的薛平贵为妻，被她爹娘赶出家门。后来文武兼备的薛平贵出征，王宝钏独自一人在寒窑中苦度十八年……”说着说着，他突然有板有眼地唱了起来：“王孙公子千千万，彩球单打薛平郎。”我的脑子里开始出现一些陌生的人物，他们到底是哪个时候的人啊？能够见一见多好！

有了这一次的龙门阵之后，家公以后来我们家都会说一个新故事，每次说到最关键处，他会突然起身说：“好了，今晚就到这里吧，我要回去睡觉了。”我好像还听不够，便央求他说：“家公别走，再说一小会吧，我还想听。”他看我一眼，重新坐下，又继续讲，讲那么一小段后，便果断地告辞走了。我还痴痴地沉醉在刚才的故事中，期待着第二天晚上家公的到来，期待着他继续讲后面的故事。

不知不觉，我开始有点喜欢起家公来了，他接二连三地说岳飞的故事，说杨门女将的故事，说白蛇传的故事，我惊讶他一个活得像混混的人，肚子里怎么藏了那么多好听的故事？我定定地看着他，看着他的白眼珠，似乎看到了古战场的刀光剑影，看到了岳母为儿子刺上“精忠报国”四个大字，看到了白娘子对许仙的含情脉脉，看到了……

家公看我喜欢听他讲故事，以后一来我们家，便自然而然地挤到火箱上，说那么几句刚听到的新闻之后，就开始接着头天的故事讲，一说到关键时候，仍然卖关子：“今晚就到这儿吧，明晚继续。”

书上说，儿童期决定了一个人面对世界的方式。我想，自己那么喜欢听家公说故事，不期然而然受到故事中人物的感染，也许说明自己的内心已经被一种力量牵引了，精神情趣已经受到了一定程度的熏染，以至于影响到以后的成长与对价值观的判断。历史上那些叱咤风云的豪杰好汉，那些令人喟叹不已的英雄壮举，那些情深意挚的肺腑之言，深深地打动了我，感染了我，伴随着我年龄和阅历的不断增长。可以说，家公的故事点燃了我黯淡的童年生活。有人认为，十岁以前的孩子都是真人。是的，到今天我也认可这一点。孩童时代的我，不含一点世故，不会一点虚假，讨厌就是讨厌，喜欢就是喜欢，装不出，假不了，完全以自己的真性情去对待身边的事物。

后来，我对这位家公越来越依赖了，每天竟然盼望着天快快黑下来，天黑下来之后，又盼望着在外闲逛的家公快快回来，继续给我讲头晚的故事。这老头，也承袭了中国传统说书人的特点，又像章回小说，每到紧张关口，却是“且听下回分解”。

我到底从家公那里听到多少故事呢？除了一些经典的之外，现在也记不起来了。后来喜欢写作文，喜欢在作文中加上点传统故事的元素，恐怕也与这位善于说故事的家公有关吧？那时候不懂得他为什么能够知之甚多，一个没文化的老人啊，直到后来研究中国戏曲，方才明白民间老百姓之所以懂得很多历史故事，都源于中国戏曲的影响，他们通过看戏了解到很多，家公的知识与故事，应该都得益于看戏吧？

我渐渐长大，能自己看书了，不再听家公讲那些陈旧的故事，也不再期待他来我们家说这说那。高考后我离家读大学，没过多久，父亲来信说家公已经去世，丧葬时仅仅收到我们家送的花圈——唯一的一个！我惊讶与他相处那么多年的街坊邻居，怎么会对一个老人如此冷漠？哪怕平时有多隔阂，到了这样的时候，无论如何也要意思意思，寄托一份哀思啊。

我庆幸自己这么多年之后，还能够如此清晰地记得他，一位我曾经叫家公、会讲故事的老人。

贺家小姐妹

春风骀荡的四月天，一个周末，忙碌一番后，披衣走出大院，踱步于前面的小树林。新雨过后，清新的气息扑鼻而来，种种或清晰或模糊的影像，从尘封的日子里漂浮出来，与那些馥郁芬芳的花草相遇，点缀着尘世单调的色彩。

树林一旁的小径，一对蝴蝶正翩翩起舞，刹那间点亮了我内心深处的某种记忆，虽有些邈远，却依稀可见。且走且看，且行且吟，儿时的一帧帧生活，阔别多年，又在此邂逅，无不感到缘分的不可知，不可求。

孩童时代的我，在被我一度视为乐园的院子里一天天成长。那时候，压根儿也不知道自己长大了到底有什么好处？只是希望能够长高长大，长得像大人那样，什么事都能干，什么事都会干。

母亲总也盼着我快快长大，然而她自己却老是叹道："唉，岁月不饶人啊，古人说得好，'记得少年骑竹马，转眼就是白头翁'。"母亲一脸惆怅，我傻傻地看着她，对她说的话似懂非懂，不明白母亲为什么会有这般感慨？莫非，她不希望日子过得太快了吗？

时光流水般逝去，我每天被时光驱赶着朝前走，自己却浑然不知。上天眷顾着我，让我的童年拥有一个那么宽敞丰饶的大院，还有一位待人热情、雅静温和的母亲，她天生的好性情，自然少不了一些邻居常常来串门说话。

母亲的客人很多，几乎每天都有人来，往往是她们说她们的，我玩我的。有天早上，我独自蹲在院子的大门外玩泥沙，忽然有两只红色“蝴蝶”翩然而至，散发出馥郁的香味。我抬头一看，嚯，原来是两个与我差不多大的小女孩，看上去五六岁的样子。她俩齐耳短发，穿着一模一样的大红毛线衣，围着绣有粉色花朵的白色兜兜，脸上粉嘟嘟的，很是雅致漂亮。我看了一眼她们，有点兴奋，手里的泥沙玩得更起劲了。

过了一会，她俩也蹲下身子，目不转睛地看我玩。这是我第一次见到她们，感觉她们说话的口音有点异样，到底是从哪里冒来的呢？

终于，我鼓起勇气一本正经地问：“你们姓什么？”

“河（贺），我们姓河（贺）。”那个稍大点的女孩回答我说。

我感到很纳闷，怎么会有姓“河”的呢？从来没有听说过呀！

“你们是哪里的呀？”我又问道。

“黑龙江。你知道黑龙江吗？”小一点的女孩抢着说。

“哦。”难怪她们的口音不同呢。尽管我并不知道“黑龙江”到底在哪里？

简短的对话，很快缩短了我们之间的距离，两个小女孩马上同我一起玩起了泥沙，我们用双手捧着沙子，想堆成一座小山，你一捧我一捧地往上撒，谁料刚堆出个山尖尖，哗啦又倒塌了。我们只好一次次重新开始，小心翼翼地往上堆沙子，终于堆成了一座小山。三个女孩子颇有成就感地跳了起来。一个上午就这样过去了，直到她俩的妈妈大声叫她们吃中饭，姐妹俩才依依不舍地与我告辞，我站起身来，看着这对漂亮的“蝴蝶”飞进对面的一个院子。

自此以后，我和这对姐妹成了好朋友，知道她们一个叫小芳，一个叫小丽。小芳与我同年同月，比我大了二十来天。因为她们的妈妈也姓肖，与我母亲同一个姓，自然我们之间又亲近了许多。到最后，两位妈妈因为几个孩子的友谊也开始来往了，一段时间后，她俩也认了姐妹，姐姐妹妹地叫得可亲热了，两个家庭的两代人成了近似亲人的朋友。

自从小芳小丽出现之后，我的生活不再孤独，成天与她们混在一起，不是我往她们家跑，就是她们往我家跑。她们的母亲，我叫姨，我的母亲，她们也叫姨。彼此来往密切，相交甚笃。就是做新衣服，我们仨也要做成一模一样的。如果遇上有人问，你们是三姐妹吧？我心里就特别高兴——家里没有兄弟姐妹，从来就是一个人玩，内心的渴望是可想而知的。

小芳小丽居住的大院子里有三户人家，小孩子多，我们隔壁也有好些孩子，最后都玩到一起来了。一大群孩子常常聚在对面院子里玩，与男孩子们一起时，有时也玩打打杀杀的游戏，玩得十分痴迷，竟至到了吃饭时间，大家还舍不得散开。姨留我吃饭，我便留下，吃过饭与她们继续玩，玩到晚上还不想回家。小芳留我与她们姐妹一起睡，我爽快地答应了，洗洗脸便挤在小芳小丽中间躺下。大冬天的，一床被子三个人裹着，卷过来卷过去，两边自然是包不住啊，我都不知道是怎么睡过来的？小芳身体不怎么好，有慢性气管炎，晚上咳嗽不止。说到这里，我心里多少还有些忐忑，不知道她妈妈那时候是不是烦过我呢？小孩子的心就是单纯，从不会去考虑得太多。

小芳小丽是我人生中最先认识的朋友，亲如姐妹的朋友，一辈子的朋友。小芳现在与我居住在同一座城市，平时各忙各的，一年中难得见几次，但只要谁家有事，都会彼此照应。茫茫人海，有缘相遇者众，然擦身而过者不计其数。我与小芳从童年走到今天，这般长长久久的朋友和姐妹，殊为难得。孰知友情与爱情一样，是需要浇灌、需要温习、需要保鲜的。倘若不然，会否像龙应台犹疑的那样：“我们会不会，像风中转蓬一样，各自滚向渺茫，相忘于人生的荒漠？”

且走且看，且行且吟。暮色四合，倦鸟归巢。刚回到屋里，便迫不及待地想将这些感觉记下来。敲字至此，心里怦然一动，想到了一句诗歌：海上生明月，天涯共此时。

春桃家的后园

泰戈尔说："天空没有翅膀的痕迹，但鸟儿已经飞过。"细细品味，真是很有道理。在我们所经历过的岁月中，有许许多多值得回味的往事，尽管未能留下太深的印迹，但往往会在某种特定的时候，刹那间敲开你的记忆大门……

在我童年居住的这座小城，离家不远的人民会场右侧，有一个老式大院，厚重的大门陈旧斑驳，门两旁是青砖砌成的高墙，从墙头松松垮垮搭下来几挂爬山虎，叶片呈暗绿色，慵慵懒懒的，看上去生长得有几分随意，但有了它们的存在，自然显出这大院颇有些年份了，且掩藏了当年的气派与尊贵，很像电影中的某些画面，笼罩着一种神秘色彩。沿着大院左侧的青石板小路往里走，便可看到树木掩映的一栋木屋，几个房间横成一排，矮小简陋，有点拥挤。从一间类似客厅的房子走进去，里面是一个宽敞的院子，四周是高出人头的土墙，这土墙圈住一片开阔的菜地，菜地中间站了几棵伞状的橘柚树，树下有一只黄狗、一只灰猫、几只母鸡在追逐嬉闹，时不时发出鸡飞狗跳的声音。

这便是春桃家的后园，我们常去寻找快乐的地方。

春桃，是我一位小学同学，童年玩得好的小玩伴。她长得高高瘦瘦，瓜子脸，杏仁眼，头发浓密，皮肤黝黑，脸上常常挂着浅浅的笑。是那种一见面就会感觉亲切随和的女孩子。

我家和春桃的家相隔很近，不过百来米的样子。她家是大北街最后一户，我家是小北街打头一户。寒来暑往，冬去春来，我们几乎天天都粘在一起。

记得每天放学后，我们几个小伙伴总喜欢去春桃家玩。印象中春桃的父亲总不在家，到底去了哪里？到底还在不在人世？我们从不过问。大概小孩子家，压根儿就不懂得这些家长里短吧？每次去她家，只见到她的妈妈，好像她妈妈没有工作，待在家里养猪养鸡种菜。春桃呢，似乎精神上很轻松，没有谁逼她用功读书，放学后不忙着做作业，所以，成绩平平的。

春桃家的后园每到春夏相交时，所有青绿的藤蔓都顺理成章地爬到竹竿搭建的架子上去了，有南瓜藤、冬瓜藤、北瓜藤、丝瓜藤、苦瓜藤，还有葡萄藤，这些藤蔓纵横交错，连缀成一片，像一座房屋的绿色屋顶，庇护着在下面玩耍的孩子们。后园土墙的每一个角落，还有一些被各种植物遮挡住的狭小空间。

我们轮流玩捉猫猫的游戏。扮演捉猫人的用手蒙住双眼，大声叫着“猫猫”：“可以了吗？”“猫猫”高声答道：“可以了！”于是，捉猫人开始行动。

“猫猫”们可以从这边钻到那边，再从那边钻回这边；也可以从屋外跑进屋里，藏在柜子后面、床底下，门背后……不管怎么藏，只有一个目的，就是不想让对方轻易抓住，但每一次的躲藏没有不被抓住的。捉猫人在抓到“猫猫”之后，大有胜利者的姿态，高兴得咯咯咯笑个不停，银铃般脆响的声音回荡在后园上空，整个园子变得生机盎然了。

春桃有一个小哥哥名叫兴邦，好大气的名字！当时他已经是中学生了，完全不屑于我们这样的小游戏。但他只要在家，看我们玩得那么开心，也乐颠乐颠地跑来参加。兴邦喜欢扮演八路军打鬼子，或者扮演解放军抓特务，我们一群小女孩看到来了一个小哥哥参加，都乐不可支的。兴邦老是让我们扮坏人，我们拗不过他，只好勉强同意。有次，一个小一点的女孩被兴邦用扁担当枪从菜地里“押”出来时，委屈得大声哭起来，嘴里只嚷嚷：“我不做坏人，我不做坏人嘛，你们欺负人……”慌得兴邦连忙扔掉扁担，赔着笑脸左说右说才哄好了她。

兴邦喜欢看书，他的房间堆着各式各样的书。我对那些书满是兴趣，又不好开口找他借。这个大男孩不是很喜欢说话，我们怯怯地与他搭讪，他也只是哼啊哈地不怎么搭理我们，估计他眼里并不怎么看得来他妹妹的这些小同学吧？

有次在后园里玩累了，我们便堆在春桃的房间里，赖着不肯回家。春桃兴许知道我们的意思，于是跑到她哥哥房间，说了一大箩筐好话，终于说动了兴邦，让她抱了好些书来，有字书也有连环画，多是缺页少封面的，有的还很破烂。我们欣喜地一把抢过来，贪婪地一页一页看起来。直到天色向晚，春桃的妈妈喊吃饭了，我们才不得已放下未看完的书，匆匆告辞。

记不起到底是什么时候与春桃失去了联系？我离开家乡已经有一些年头了，中间回去时，再也找不到当年的旧迹了。春桃的家不见了，春桃的后园不见了，就连春桃，我也无从寻觅。而我的童年，曾经那么鲜活地留在那里。当时的旧址，如今成了一长溜商铺，日杂店、水果店、药店、饭店等，空气中似乎飘荡着钱币叮叮当当的响声。

摸滩螺

我们老家名河螺为滩螺。滩螺与田螺，其形貌相似，然大小和出处不一，滩螺出自溪河，田螺则出自农田。若是炒好上桌，二者均不失为一肴美味。两相比较，我似乎更喜欢吃滩螺，就那样一小点一小点的，肉嫩、盐头好、有嚼头。基于多年前喜好这道菜，现在尽管终日忙碌，偶尔也会买了做来吃。

做孩子时，有次母亲买了滩螺做菜，先用清油炸了，再放上干辣椒、花椒、姜末和葱花，香喷喷的，撩拨得不免深吸一口气，用筷子夹上几粒送进嘴里，味道真是好极了！我问母亲这到底是什么东西啊？母亲说："滩螺呢，河里才有的，好不好吃？"我连连说："好吃好吃，很好吃！"她见我这样喜欢，以后便隔三岔五买来做给我吃。我安静地站在灶边，看母亲是怎么做这道菜的。

在我的印象中，炒滩螺是件很麻烦的事，颇费功夫也耗时间，母亲是个做事极讲究的人，凡事都很耐心工细，一道菜做下来还颇费心力。母亲通常将买来的河螺放在大盆子里泡上半天，然后左手捞上一把，用右手的食指和大拇指一个一个掐掉滩螺的小尾巴，实际上是河螺的小肠子，全部“修理”完毕，再用粗糙的南瓜叶子反复搓洗，以吸走粘在上面的糊状物，最后连续冲洗三四遍，直到滩螺看上去清清爽爽了，才站起身准备炒。母亲说，炒滩螺前，要先收收水，就是放在热锅里吸干滩螺里面的水分。收水之后，滩螺的身子缩小了很多，肉变紧了。母亲将之铲到碗里，再在锅里放油。她说，炒这个要多放点油，只能放菜油或茶油，等油热了再将河螺放进去炸一炸，炸得外面带点黄褐色了，就可以放佐料。母亲撒了点盐，炒了几锅铲，又将砧板上事先准备好的干辣椒、花椒、姜末、葱花撒进去——她很讲究切工，姜末、葱花均切得很细很细，翻几铲后迅速装进碗里，即为饭桌上一道可口的菜了。

有次随母亲到城郊的河畔走走，母亲指着河里的浅水滩说：“你看，好多你喜欢吃的滩螺呢！”我顺着母亲手指的地方定睛一看，嗨，清澈的浅水里，小石头上，沾满了小小的滩螺，有的三五个，有的十几个。原来，我们女孩子用来玩“跳房子”游戏的螺壳串就是从这里来的呀！我高兴得脱掉鞋子，到水里摸起滩螺来——我们老家都说摸，大概是水深一点看不见滩螺，只能一把摸下水去吧？能否摸得到滩螺，那就看自己的运气了。母亲见状，也配合我的情绪，与我一起下河摸滩螺。她的短发在风中一绺一绺地飘散，我感觉得到母亲十分开心。短短的一个多小时，我们摸了满满一袋子。我直起身子四处看看，周围竟有不少人在摸滩螺呢！好几个孩子如我一般大小，他们时不时看看手里刚摸到的小滩螺，乐呵呵的样子，看来这样的事情让人舒心惬意了？我对母亲说：“以后我们不要去买滩螺了，不上学时我们自己来摸吧。”

回到家里，母亲将滩螺倒进锅里，水温渐渐升高，缩在壳里的小滩螺终于忍不住伸出头来，企图找到逃生的办法，可它们很快就被开水烫死了。母亲将滩螺泡在冷水里，用针将螺肉从壳里挑出来。我也学着母亲的样子，用针一粒一粒地挑，那么大一袋子滩螺，去掉螺壳，只剩下一小碗，母亲炒出来放桌上，我们吃着，感觉是自己摸来的，味道似乎更香了。从那以后，母亲索性不再去菜市场买滩螺，而专挑我们有空时去河里摸一袋子回家，哪怕是草枯水冷的季节，也乐此不疲。就这样，河螺成了我们家饭桌上常见的一道菜。父亲回家来，也挺喜欢，他喝点小酒，咂咂嘴，夹上几粒滩螺，赞不绝口地说："嗯，蛮好吃的啊！"打那以后，我常常邀约几个要好的同学，放学后就到河边拾拣滩螺，晚饭后，我和母亲就着月光，在院子里大树下将煮熟的滩螺用针从壳里挑出来。

长大离开家之后，很少能吃上河螺了——餐馆和食堂其实也能够碰得到，但我却不敢买——很难有谁像我和母亲那样耐心去掉滩螺的小尾巴，如此，腻腻乎乎的，我断然不敢吃。现在看到超市和一些菜市场有滩螺卖，颇有几分亲切感，我心里明白，感到亲切的自然不是滩螺，而是在回味一种童年特有的况味，回味一种与母亲分享岁月的感觉，回味一种弥足珍贵的记忆。

回老家时总记得要去小河边走走，想寻找当年的印迹，也希望在水里找到一两枚小滩螺，可是，水流依旧，风景不再，小河的浅水滩被淘泥沙的人破坏得面目全非，河畔茂密的树木荡然无存，小滩螺的影子已无从寻觅。现在的孩子，不会再像我们那时候可以在河水里找到乐趣，他们除了正常的上课做作业，都在忙于参加这样那样的培训班，哪有我们儿时的闲情逸致呢?

母亲当年炒滩螺的样子还历历在目，如今我也时常效仿她做这道菜，仔仔细细地洗好，收收水，油炸，放盐，撒些干红辣椒、花椒、生姜、葱花等，端上桌来，基本就是母亲当年做出的口味，家人和客人都很喜欢吃。他们只是单纯地品尝一道菜，而我品尝的则是流逝的岁月。童年时与母亲摸河螺的情景还历历在目，一直挥之不去地缠绕在我陈旧的记忆里。

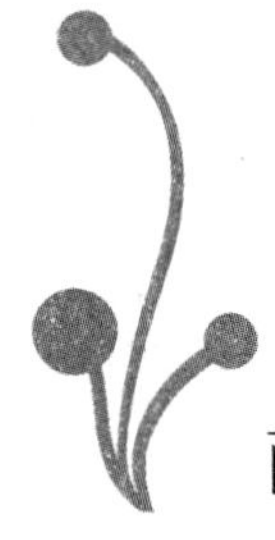

两只鸭鸭的命运

读小学时，有次星期天和母亲上街买菜，看到菜市场有人卖小鸭子，毛茸茸的，挤满了一个浅浅的大竹筐。我情不自禁蹲下身子，满心喜爱地抚摸它们。母亲见状，也蹲下来摸摸它们。母亲见我痴痴的眼光，盯着我问："喜欢吗？"我点点头。她掏出钱包，说："你挑两只吧，我们带回去养。"我马上挑了两只好看的小鸭子，回家后找到一只盆子，装了半盆子水，然后将袋子里的小鸭子放进去。小鸭子浮在水面上，开心地转动着身子。

养鸭子的日子开始了。母亲特意去市场买了个竹制的鸭笼子，每天我负责早上放鸭子出来，晚上又将它们赶进笼子。院子里到处都是树木，还有几块菜地。母亲有空就用小锄头挖蚯蚓给它们吃，小鸭子很喜欢吃蚯蚓，吃了蚯蚓长得很快。以后，它们只要一看到母亲提着小锄头，老远就会跟在母亲身后跑。我看着两只可爱的鸭鸭，对母亲说："妈妈，我们养它们八年吧！"母亲认同地点点头。

两只小鸭子一天天长大，很快长成了大鸭子。它们身上的毛由浅浅的淡黄色变为深颜色，一只是麻褐色，一只是深灰色，声音也发生了变化，一只叫起来嘎嘎嘎；一只叫起来有点嘶哑。母亲说，这两只鸭子刚好一公一母，养着它们吧，反正你喜欢。

母亲虽然这样说，但事情后来还是有了变化。到了下半年，鸭子已经长得很丰满了，它们真像一对夫妻，形影相随，不离左右。这时正是吃鸭子的季节。有亲戚看我们家养了两只肥大的鸭子，劝母亲杀了吃，“公鸭养着不下蛋，有什么用呢？”我听亲戚说这话，有点恼火，瞪她一眼便跑开了。

母亲看我这样，知道我不忍心杀自家的鸭子吃，便不再提起，鸭子暂时相安无事。可是，有天中午放学回家，母亲看着我的脸说：“今天是你的生日，吃完中饭你去菜市场买点大葱来吧，你爸爸说把那只公鸭杀了吃，反正，公鸭养着也是白养，又不下蛋……”我惊讶地看着我的母亲，她脸上的表情似乎很复杂，明明知道我是舍不得杀掉公鸭的呀，然而，她又很实际，是啊，谁让公鸭不能下蛋呢？

吃过中饭，我去了菜市场，买了一大把葱，扔在厨房里就去学校了。傍晚放学回家，看到父母做了好几个菜，他们叫我赶快上桌吃饭。两个人似乎很高兴，母亲夹了鸭腿和鸭翅膀给我，说：“来，你喜欢吃的，多吃点吧。”可我看着一桌子菜，没有一点食欲。病怏怏的，我将鸭腿和鸭翅膀全退回到碗里，只夹了点小菜，胡乱吃了两口，就跑到屋子里去了。

天快黑了，我习惯性地去关鸭子，这时候，只听到母鸭嘎嘎嘎的声音，公鸭嘶哑的声音没有了，我心里特别难过，竟然呜呜呜地哭起来，哭得很伤心。父母都过来安慰我，说我傻，父亲说：“公鸭养下去没意思啊，你个傻孩子，一只鸭子还要哭？迟早会吃掉的。”母亲心痛地说：“你看你，今天是你的生日呀，什么都没吃，还哭成这个样子，唉！”

公鸭没了，只剩下那只母鸭，形影相吊，失魂落魄，每天孤零零地在院子里转悠。它总喜欢跟在我母亲身后，嘎嘎嘎叫个不停，大概是吵着要吃蚯蚓吧。有一天早上我去放它出来时，突然发现鸭笼子里摆着一枚光洁通亮的鸭蛋，哎呀，我们家的鸭子开始下蛋了！自此，它几乎每天下一个蛋，保证我们家时常可以吃到鸭蛋。妈妈还积下好些个做成咸鸭蛋，我中午放学回家，她就将蒸在饭上的咸鸭蛋送到我碗里。

母鸭对母亲的依恋越来越明显。有时候我们外出，将它留在后园。它只要一听到我们回家，听到母亲的声音，就嘎嘎嘎地大叫几声，忙不迭地扇着翅膀跨过几道门槛，在我母亲面前低眉敛首地蹲下来，头一点一点在地上磕着。母亲往前走，母鸭也起来，一个劲地跑到母亲前面去，仍旧蹲下身子，头一点一点地磕着。每当这时，我就跑过去把它抓到手里，抱着它玩，它似乎不怎么喜欢我，在我怀里拼命地挣扎，放下它后，它又跑到我母亲身边去了。看它对我母亲那样亲热，我心里真有点酸溜溜的味儿呢！

有一年暑假我们去乡下姑妈家做客，把鸭子也带过去了。快到姑妈家时，我们把鸭子从包里放出来，它便跟着母亲半步不离地在狭窄的田埂上一摆一摆地走着。母亲停下来歇口气，它也停下来守在我母亲身边。前来接我们的表姐表妹们看到鸭子这般表现，都说这鸭子是个精怪呢。

有天我抱了鸭子去姑妈家楼下的田边，想让鸭子游游水，找点野食吃，像小鱼小虾之类的。鸭子在水里玩得很欢，吃饱喝足上得岸来，拍拍翅膀，乖乖地让我抱着它回姑妈家。刚走到楼下，从一旁猛地冲出一条大黄狗，张开嘴恶狠狠地对着我扑过来，我大惊失色，仍然抱着鸭子想赶快跑进屋里去，不料那狗对着我的腿狠狠地咬了一口，痛得我大声哭起来。大人们听到我的哭声，慌忙跑下来，看我的腿鲜血直流，吓得脸都变了颜色，几个人七手八脚将我送进房子里，帮助包扎好伤口，才算放下心来。

说也怪，这只机灵乖巧、识人性、懂感情的母鸭真如我最初说的那样，与我们一起度过了八年时光，它一直下蛋，下了八年，谁都不会有杀了它吃的念头，养亲了，就像自己家的一个亲人，不论走到哪里，我们都要带上它，一点儿都不嫌麻烦。几乎所有的亲友都知道我们家养了这么一只机灵可爱的老母鸭。

寻猫记

有一年，姑妈从乡下给我带来一只深灰色小猫，这是我生平第一次近距离接触小动物，以后给它喂食便成了我每天的功课。我那时到底有多大？现在有点记不清了，约莫是刚刚上了小学吧？

这只灰猫初到我们家时很小很小，小得让人顿生怜爱。母亲说，养只猫玩玩吧，总比你养蚕好，养蚕操心费力，结果蚕一养大就结茧，你再也看不到它们鲜活的身影了。母亲的话不无道理，至少与小猫交往一段后足以证明，它给我的生活带来了莫大的乐趣。

小猫一点一点长大，它饱食终日，完全可以养尊处优的，不过，猫的天性不就是捉老鼠吗？我们这只小猫没有辜负它的秉性，很快学会了捕鼠。现在我的眼前还会清晰地出现它玩耍和捉弄老鼠的情景——嘴里衔一条拖着长尾巴的老鼠，突然从什么地方跳出来，它故意将那老鼠放掉，等老鼠逃命似地往前跑时，它却跳将过去死命地按住在地，然后用爪子拨来拨去，那老鼠想逃，我们的猫英雄便蹲在一旁，不声不响地放老鼠走，等老鼠快要钻进地洞时，猫猛可地扑过去，如此再三，老鼠已经有气无力半死不活，猫英雄终于玩累了，动作利落地一口咬死老鼠，然后拖到僻静的地方，一口一口吃起来。

猫喜欢到外面去转悠，每天都要出去跑几趟，累了饿了就回家来，吃饱了用舌头舔舔爪子舔舔身子，蹲在窗户上看风景。看着看着，终是经不住种种诱惑，一下子从窗户上跳下去，瞬间不见了踪影。晚上，它又稀里哗啦爬上窗户，从窗户的缝隙中钻进房间。

到了冬天，猫特别怕冷，它有时待我们睡熟之后，偷偷钻进被子，在脚边躺下呼呼大睡。第二天我们起床才发现。担心卫生问题，我们常常要赶它下床。猫也有狡猾的时候，有次我们怎么也找不到它，好半天才发现，它原来躲在两层被子之间！看我们找到了它，竟然像个做错事的孩子，可怜兮兮地看着我们，也许在揣摩我们会如何惩罚它吧？我和母亲看着它这滑稽样儿，萌萌哒，忍俊不禁地笑了。

有一次，猫足足两天不见回家来，我和母亲心中很是不安，等啊等，又等了两天，还是没看到它回来，我急得快要哭了。母亲看我那样忧戚，也很着急，怎么办呢？一条街那么多人家，你去哪里才可以找到呢？

我们家附近有位民间草药医生，母亲要我叫他夏爷爷，据说很会掐算，母亲便带我上门请他帮算算我们的猫是不是还活着？是不是可以找到？夏爷爷看我着急的样子，立马煞有介事地进入状态，有模有样地变化着指头，嘴里念念有词，好半天，他才回过神来，大声对我们说："没事，你们那只猫还在呢，就在附近一户人家，去找找吧，会找得到的。"神啊！我和母亲听了，大喜，母亲说："这下有希望了，我们去找吧，从这里开始，挨家挨户去问问。"母亲带了我，真是一家一家地问过去，找了整整两天，终于在附近小巷的廖家院子找到了，那时候，它正在院子里悠闲地踱步呢！

可爱的猫重新回到我们身边，如同一个老朋友，长期相处有了感情，如何舍得弃之不管？经过艰难的寻找，考验了我们对它的感情，自此以后，越来越懂得珍惜它了，猫呢，也不再东跑西跑，一直陪伴在我们身边，直到有一天默默老去。

我在想，其实，人与人之间，人与自然之间，都是可以沟通交流的，也可以在沟通交流中建立深厚的感情。今天越来越多的人为什么热衷于养宠物，小狗、小猫、小兔，还有的养鸭子、养鹅，甚至还有养金龟的，大概是希望给自己平淡无奇的生活增加一点乐趣吧，也是修身养性的一种方式，尤其看到自己喜欢的动物那样通人性、懂感情，精神上便有了一种寄托，白天辛辛苦苦忙碌一天，下班回家看到小动物围绕自己，亲热自己，莫不感到轻松愉快。况且，人与动物达到高度的和谐，也是与自然达到和谐的一种。

那年的桑叶

在植物中极平凡极不起眼的桑叶，却给我留下了那么多美好而又伤感的童年记忆，以至于现在不管在哪里看到它，都觉得格外地抢眼也十分地亲切。

记得刚读小学时，好像同学们都热衷于养蚕，不知道哪个同学送了我这样一只白色小虫，我欣喜地用一个小小的纸盒子装着，盒盖还用缝衣服的针扎了很多的小眼，好给蚕宝宝透点气。我每天精心地喂养和照料着它，看着它从一厘米左右长大到有一条小手指粗，白白胖胖的样子，吃饱了就挺着半截身子一动不动地看着我发愣，那憨憨的样子煞是可爱！

一般情况下我白天就经常敞开盒子，晚上再把盖子放下让它安心睡觉。可有一个晚上天气特别闷热，我懒懒地在床上睡下了，忘了把盖子盖上，等到我第二天早上起床看时，蚕宝宝的身体已经没有了，只有一个小小的头留在盒子里，蔫蔫的样子，那情状在我当时看来好惨啊！我的朋友蚕宝宝一定是被老鼠吃掉了！好半天我都难过得说不出话来，眼泪就吧嗒吧嗒直往下掉。妈妈和从西安来家做客的舅舅看着我也不知道怎么安慰我了，他们只是说："别气了别哭了哦，以后再多养几条就是的啊！"

后来有同学听我说了这事，就送了我一小块纸片，上面密密麻麻好多小黑点，她让我放到小盒子里去，但要每天去看看。我真的照她说的去做，看了好些天后，果真出状态了——那小黑点点居然渐渐爬出来一条条小黑虫子来，慢慢又变成白色了，原来蚕就是这样的成长过程啊！有趣！谁知蚕宝宝们长得很快，盒子很快就装不下了，我便换成篮子，篮子很快装不小了，就换团箱（用来晒东西的一种圆形竹器），团箱后来也装不下了，竟然换成了门板！更苦的是，我每天放学后就必须四处去找桑叶，回来往门板上一撒，那些挨饿了的宝宝拼命地吃，发出了沙沙沙的声音来，我疲惫不堪地坐在一边欣赏它们饱餐一顿，呵呵，感觉好极了，似乎也不怎么累了。再过些日子蚕宝宝们就纷纷吐丝结茧，最后收得满满的一篮子，我和妈妈就拎到农贸商店卖掉了。

采桑叶成了我每天必须要做的事情，有一次和同学放学后去城郊采摘桑叶时，看到一块地里有好多桑树苗，我高兴得拔了好几棵回家，种在我的院子里，每天记着给它们浇水、松土，看到小桑树长得那么快，我心里感到是一种满足，心想这下可好了，下一批蚕子出来，我就不必再像以前那样去四处找桑叶了，曾因为爬墙去摘人家家里的桑叶被主人辱骂了一通，那滋味可不好受啊！

谁知道有一天我放学回来时，发现我的小桑树全部没有了，一问，原来被我刚从外地回家的父亲砍掉了，气得我马上找到父亲，哭闹着要他赔我，一定要赔，无论他怎么解释怎么哄我都无济于事，当时父亲在我眼里真是太不近情理了，一时让我很难原谅他。

又一批小蚕子出世了，它们长得很快，桑叶源又成了问题，那时候家家的孩子都喜欢养蚕，城里和城郊都找不到桑叶了，于是有一个星期天我和一个叫小红的同学约了到乡下采摘桑叶去。我们在阳光下走在宽敞的公路上，远远看到对面有一个人骑着自行车过来，近了才看清原来是我们的体育老师，同学们背着都叫他“龙麻子”，等他车从身边掠过，我们两个便转身对着他大声叫起来：“龙－麻－子！”以为他可能不会理睬的，孰料他转过身，先停了一下，然后风一样地回过来到了我们身边，指着我们的鼻尖大声呵责起来，我们的脸全红了，低着头一句话都不敢说，任凭他唾液四溅地继续批评。这事现在想来还真让我汗颜呢！真弄不明白一向温文尔雅的我那一次怎么会那样粗野地去损害一个老师的尊严？

等我们好不容易摘了满满一篮子桑叶准备回家时，不提防那院子里突然窜出一条大黄狗来，狂吠着直向我们扑来，我一时害怕极了，用篮子左挡右挡，还是被它狠命咬了一口，痛得我在地上叫着妈直打滚，一会儿从院子里走出一大群人来，有个老爷爷在地上划了些什么，口中还念念有词，然后把那泥土一点一点敷在我伤口上，安慰我说：“小妹妹，别担心，很快就会好的！快回家去，以后可要注意啊！”看到他那慈祥的眼神，我立刻觉得伤口也不那么痛了，回家后没多久也就痊愈了。

桑叶，一段难忘的童年记忆，虽然有那么多苦楚，然对于我来说却是弥足珍贵。

第二辑　吟风听雨

烟雨小巷

又到了立春的日子。

大年初一、初二两天阳光灿烂，暖意融融。街上人头攒动，熙熙攘攘，辛苦了一年的人们难得在这样浓郁的喜庆中放松一下自己了，一张张笑脸很好地装饰了新年的气氛。

就这么两天后，天气渐渐暗淡下来，随之就开始下起小雨了，气温也下降了很多，寒意逼人。立春了，出门走走吧，领略一点春意去。于是撑一把粉红色花雨伞在雨中漫步，低头看着自己的脚尖一前一后机械地前移，不知身后会不会留下一些脚印？撑开雨伞抬眼看，街上的行人已经少了很多，也许天气太冷，多半宁肯蜷缩在家里看看电视、搓搓麻将吧？我看着这与大多城市没有什么区别的街道，不知道怎么竟有了一种陌生的感觉，寻访一下旧地的念头立时冒了出来，于是我踅进了一条小巷。

这条小巷名曰伞巷，小时候母亲老是牵着我的手从它的这一头走到那一头，到底她带我去干什么？或者是去哪里？我已经记得不清晰了。

“这些年，风里来，雨里去”，人生就像一次长途旅行，好多年来一直在外地打拼，希冀通过努力为自己洞开一方天地。曾经是怎样地处心积虑，怎样地万念俱灰，说也怪，一旦回到这个留下我孩提时代足迹的地方，是那样地倍感亲切，虽然这小巷与过去比无多大变化，两边站起了一些造型新颖的高楼，但大多还是我非常熟悉的低矮简陋的民房，高高低低的砖墙常年风剥雨蚀，还隐约可见一些过去年代的旧迹。

雨，沙沙沙地有点热烈起来，蒙蒙的烟雨中只看到稀疏的几个行人低着头急急地赶路。也许谁也没有注意到有我这么一个人在雨中独行。而我，究竟要寻找点什么呢？是逝去的时光？是童年的快乐？是久违的诗意？是……我不知道。

在雨中的小巷走着，迷不知吾所往，忽记起了戴望舒的诗《雨巷》，似乎看到了那个女孩，想到了那个“丁香结”。戴望舒的《雨巷》是一首忧郁伤感的歌，那女孩，那丁香结也是一首忧郁伤感的歌，我在雨中的小巷里，该唱一首怎样的歌呢？“在我童年的时候，妈妈教给我一首歌，没有忧伤，没有哀愁……”啊，感觉很遥远了。

在风中，在雨里，在这寂寞的小巷，我与自己的童年相遇，轻轻地吟起几句诗来：

我相信有一天
我流过的泪将变成花朵和花环
我遭受过千百次的遍体鳞伤
将使我一身灿烂

春天，邀约风雨

你何苦只恋有阳光的日子？

“青箬笠，绿蓑衣，斜风细雨不须归。”好一幅令人流连、令人向往的江南春景图！我总在想，春日的景致，春日的情怀，怎么可以少了那飘曳的斜风、那缠绵的细雨呢？

出门无风，出门无雨，自然你可以省却很多麻烦，无须雨伞，无须雨衣，然而你不会觉得这安然静谧的平淡中减了许多的生趣吗？

斜风细雨是一道风景。你头顶蓝天，脚踩大地，踽踽独行在静寂的小径上，空中悠悠然然地飘洒着牛毛细雨，慢慢儿地，润湿了你的肌肤，浸透了你的心脾，你即刻感到一阵全身心的愉悦，于是你念念有词地作起诗来。尽管有人会笑你：尚未长大！

风大雨急又别有一番情味。那日你在焦躁、压抑、烦闷、不安中告别了令人窒息的办公室，总算收敛起天边残云般最后的微笑，你顿时感到浑身散了架似的精疲力竭，需要彻底地放松一下自己了——何必去驾驶那气派的轿车呢？何必去打那昂贵的的士呢？何必去启动那笨重的摩托呢？何必去抢上那拥挤的公汽呢？安步当车才是最好的健身运动。远处隐约响起了几声闷雷，头上正滚动着几片乌云，少顷，便起了一阵颠风乱雨，满街猝不及防的人都在撒丫子似地疯跑。料峭春寒，凉意袭人，你切不可惊慌，你只管从容若定，任凭雨水冲洗你倦意的脸，你十分惬意，你欢乐无比，尽管周围有人窃笑你差不多成了一只落汤鸡。

人啊，有时就需要这样洗涤一下自己，尤其精神，尤其心灵，还有那数不胜数的压力、劳累、疲倦、焦灼、烦恼、郁闷、忧伤、痛苦……春天的风，春天的雨，是再好不过的洗涤剂了。

我极想轻松轻松，于是，在还有几分寒意的春日里，我邀约风，邀约雨……

桃花欲滴

时令不知不觉已是三月初了，昨天已经暖和得看见几个穿衬衣的小伙子，来去匆匆，生龙活虎。稍稍有所行动，额头上便沁出米粒大小的汗珠。虽然如此，到底心里还是明白，以为没准会有倒春寒的侵袭。天气未必再不会有反复了吗？果然，昨晚半夜里骤然起风，呼啦啦的声音，一阵接一阵，随之便响起了滴滴答答的雨声。不由得紧紧被子，窝着身子、弓着背哄自己快快安然入睡。

今天为赶会又起了个早，都连着好几天会了，里里外外的会，各种主题的会，待在空调房里时间一久，不免有了一种窒息的感觉。好不容易挨到中间有点空隙，忙撑一把紫色小伞奔进雨中。

还是喜欢一个人走，走在一片雨雾中。淅淅沥沥的小雨，似曾相识，又觉陌生。穿行在一片竹林中时，脑子里一片迷茫，恍兮惚兮，今夕何夕？抬眼看天上的云，淡淡的，呈灰白色。压低了，有点下坠的趋势。不过还好，近前就是一片湖水，浩渺清澈，风过处漾起浅浅的涟漪，又有点点细雨落在水面，偶然看一眼，恍若斑斑点点的鱼鳞。

从竹林里走出来，前面有一片低矮的树，大多伸张着光秃秃的枝，被雨水冲洗得光滑锃亮，像涂了一层薄薄的蜡。犹如一个团结向上的集体，颇具精神地站立在雨中，凸现出一种强有力的昂扬精神。刹那间意识到，没有绿叶的树原来也可以展示出一种美感的。看来任何事物都会产生美感，关键要看观景人的心情与审美情趣了。

正在这样的遐思中转悠，突然发现前面不远处，有湿漉漉的几朵桃花正挂在不甚整齐的虬枝上，花瓣极有张力，层叠成一小朵一小朵的，周围还有晶莹圆润的雨珠，令人眼前一亮，犹如一个人置身于找不到出口的茫茫黑夜里，却有人为你点燃了一盏灯，照着你走向前方的路，你完全不必担心会遭遇风霜雨雪与豺狼虎豹，你会感到心里踏实安然，勇往直前地走你自己的路。

桃花在雨中娇艳欲滴，装饰着依然黯淡的天气，我不希望潮湿的日子太久，也相信桃花的季节即将到来，我有桃花的引领，必将走出曾经的阴郁，桃花点亮的不仅仅是我的心，也会点亮你的心，有桃花的风景一年中只有一季，这一季是最温暖最难忘的时光。

眼前是“桃花尽日随流水，洞在清溪何处边？”的景色，期待着、期待着“草色青青柳色黄，桃花历乱李花香”的日子快快到来。绵绵细雨是属于春天的，桃花是属于春天的，春雨与桃花，是春天最好的点缀，如若没有它们，日子当然照样得过，只是会觉得少了很多韵味和情致，走在一条毫无色彩的路上，自是没来由的兴趣顿减。我们的眼睛不愿意荒着，我们需要来一点吸引眼球的刺激，上班下班的路上，休闲漫步的路上，无论清晨还是黄昏，我们更愿意眼前一片好景，耳畔一阵鸟啼。所谓目之所及、耳之所闻、手之所触皆为春天。

春雨还在空中飘飘洒洒地散落，地面湿漉漉的，路上行人来来往往，神色各异。斑驳缤纷、层层叠叠的雨伞，装饰了这个阴晦的天气。几朵不起眼的桃花，尚未形成气势来灿烂这个季节，它们在等什么呢？等阳光来点亮桃花？或许明天、后天就是艳阳天了，相信不必等待得太久太久，先蓄积迸发的力量吧，等到晴空万里，憋足了劲只管开放，那时候，我们的眼前将会是粉红的一片，更有柳丝新绿夹杂其间，还有谁会驻足不前呢？

陌上花开，君可缓缓行。

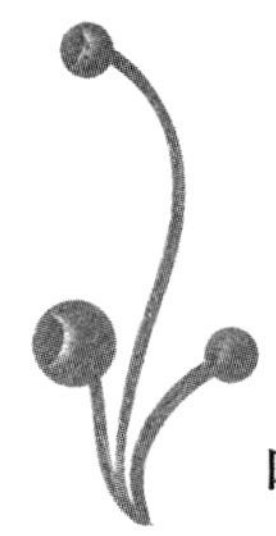

吟罢低眉无写处

古代诗歌中有很多描写春雨的诗句，最经典的有“好雨知时节，当春乃发生”（杜甫《春夜喜雨》）、“青箬笠，绿蓑衣，斜风细雨不须归”（张志和《渔歌子》）、“夜来风雨声，花落知多少”（孟浩然《春晓》）、“春潮带雨晚来急，野渡无人舟自横”（韦应物《滁州西涧》）、“天街小雨润如酥，草色遥看近却无”（韩愈《早春呈水部张十八员外》）等。站在春天的路口，尽情享受着春雨的滋润，感受万物在大自然中的勃勃生机，不由得激情上涌，真希望笔底生风，记录下生活的每一个美好瞬间，却又喟叹自己力所不逮，难怪鲁迅先生也不得不发出“吟罢低眉无写处”的感慨了。

偏偏今年的春天怪怪的，雨水不断，两个多月以来，除了偶尔一两天阳光朗照之外，其余的日子都是阴雨绵绵。俗谚云“久晴有久落”，此话一点儿不假。记得雨季之前曾经有很长一段时间的晴朗天气——当时预感会有一段时间的雨季，果然！春天雨水多本是件好事，“一年之计在于春”“春雨贵如油”，雨水充足能够给农作物的生长带来好处，然而肆虐了、过度了就会给人类带来灾难，到处积水甚至会造成严重的水灾，泥石流、滑坡致使房屋坍塌、人员伤亡的事例屡见不鲜。而且下雨的时间一长，无疑对人的情绪或多或少会有些影响——忧郁和伤感往往成为阴雨的衍生物。

其实，天气对于我个人来说也无伤大雅。只是那一日难得阳光灿烂，突然想起了一位朋友，曾经在几年前的一个晴天给我发过一条信息："天气暖和了，问好！"简单的几个字却传递着一种温暖。于是也欣欣然地想发个信息过去——几年没在一起了，念念中总有一些令人回味的地方。熟料恰好就在准备发信息的那一瞬间，被另外的一点儿事情岔开了，奇怪的是过后竟然没了半点情绪！——想来情绪这东西也怪，说来就来，说走就走。终于理解为什么有的人抓起电话拨号中途又搁下了。看着眼前绵绵不断的小雨，心想，也罢，幸好没发那信息，寒风依然冷冽啊，不然，天这么凉透心窝，你却说什么暖和的话，没准儿会让人说你言不由衷呢。

雨，还在窗外哗啦啦地下着，沉寂而冷漠。很长时间以来，习惯一个人在外面漫步，风雨无阻，那就到雨中去吹吹清新的空气吧。撑一把紫色雨伞出门，看到满院子盛开的茶花，又想起了《万叶集》里的几句诗歌："在那河水的岸边／开满了茶花一行行／凝神注视着／千遍万遍都不厌——这巨势原野的春光。"哦，春光！此刻的我，正试图穿越重重雨雾，寻求一种远离尘嚣的安静。

经过一片樟树林时，冷不防从一旁窜出一条黄狗，瞪着两只眼睛拦在我面前，嘴里发出呼呼呼呼的声音，我想从路的右边绕过去，它忙挡在右边；我想从路的左边绕过去，它又很快挡在左边。我只好站着不动，明明知道是条算不了什么东西的狗，它那样也不至于对我构成多大的威胁，但面对它纠缠不放的架势，一时觉得有些烦躁——摆脱不开的烦躁，看来还得要设法突围了。

小黄狗抽动着鼻子，依然对着我汪汪汪地叫着，似乎带有几分敌意，这叫我好生诧异。它一动不动地注视着我，我也一动不动地注视着它。这时的我，犹如孑然一身陷入一片沉寂旷野的旅人，希望遇上一位能够帮我驱赶障碍的朋友，哪怕是遇上一位陌生人也是好的。然而，周围只听见呼啸而过的风——春天的风啊，还这样凛冽！不由得想起母亲以前曾经说过，遇到野狗袭击你时，最好蹲下身子捡石头，然后对着它使劲扔出去，它自然就会赶快逃跑的。万般无奈，我只好照母亲的话演示，那狗见状，立刻呜呜地哀叫了几声掉头跑远了。

我总算放下心来，继续走我的路。抬头一看，在我前面不远的地方，兀然旋转着两把伞，一把淡蓝色，一把粉红色，肩并肩地朝前移动。雨，越来越大，风，越来越轻，我的脚步越来越慢，前面两把伞的影子越来越远。我即刻在空气中捕捉到了一种温煦、安然和静谧，心里想说出点什么来，却又是“此中妙处，难于君说”，唯有一腔莫名的情怀在心底荡漾。

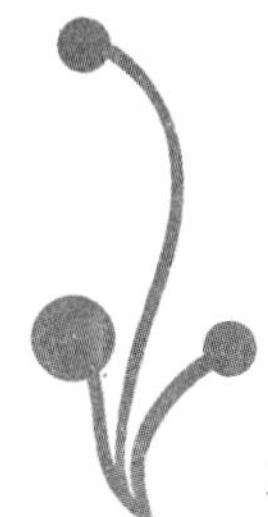

永恒在刹那间收藏

季节像一条小船，悄无声息从春天划向了夏天。或许我从来是个与雨有缘的人？一抬眼一握笔就见一场雨接一场雨，淅淅沥沥，连绵不断。雨落在河里，溅起一层层涟漪；雨落在草地，凝成一颗颗露珠。莫非真是人说的那样“情不够，雨来凑”吗？为何我的多篇散文随记总是少不了一种雨的情思呢？

我喜欢斜倚在窗口看雨，滴答，滴答，滴答，雨打芭蕉，韵味无穷。半小时，一小时，三小时。此刻的天是阴阴的，地面也是湿漉漉的，依然带有春天的旧痕。夏季应当是热烈奔放的，告别了春天的伤感和忧郁，就算是这样有雨的天气，你也不会觉得它阴晦和暗淡，因为满眼的绿色如优美舒缓的抒情曲氤氲在你的头顶，你不能不强烈地感到神清气爽、心旷神怡。刹那间我到底禁不住夏的诱惑，飞快地出门行走于雨中。

我居住的大院带有地道的江南特色——小桥流水、曲径回廊，石山垂柳、亭台楼榭。独立小桥风满袖！尽管每天要从大院的一片樟树林走过，但也许是司空见惯了吧，我竟然很少关注这里的境况。你看，一棵树挤着一棵树，枝叶覆盖着枝叶，微风过处，轻轻颤动，整个树林都荡漾着一层融融的暖意。

一种叫不出名字的树，高大的枝干，尖细的叶子，属常年青绿的乔木。与其他树木不同的是，春天蓊郁的一树绿叶，到了春末夏初时，不经意间很多叶子慢慢泛红，点缀于万绿丛中，远远望去，犹如结满了成熟的果实，煞是惹眼。雨渐渐消停了，绿色愈加葱翠，红色也愈加清晰，风过时，一片，一片，纷纷扬扬飘落下来，铺成一地斑斓，犹如美丽的织锦。

一个三十多岁的陌生女子，扎一束马尾，瘦小的身材，穿一件薄薄的浅绿色衬衫，披一件雨衣，在这个区域出出进进地忙碌——清扫楼道和院子里的垃圾。当我看到她操起一把长长的扫帚将那些红色的落叶撮成一小堆一小堆时，心便莫可名状地复杂起来，既理解她的职责就是要保证院子里的洁净，又不忍心那样的一种自然装饰被人为地破坏了。抬眼望见一棵棵大树上的红叶依然一片一片地往下掉，我甚至幸灾乐祸地想：你怎么打扫得干净呢？你能够扫得完它吗？君不见红叶片片天上来！

然而，那女子扫地的身影转得更灵活了，她专心致志，毫不倦怠。我想起了我写的诗歌："只是，雨又来了／你携带的那条河流／在你熟悉的眼中消失／天空越过天空，铺成一片苍茫／山中的顽石、草木、荆棘，常年坚守／都说，这就是幸福的一种"，那么，我想问，你不懈怠，也不厌倦，你是幸福的吗？我还想继续对你说："雨还在下／我在雨中摘下一片绿叶／为你写上一首诗歌／大声吟诵，点亮这个季节／祈盼明天的阳光晒干潮湿的路／花朵和梦，正蹒跚着走来。"此时，我恍然觉得那女子俨然就是一首流畅的诗了。

前边的樟树林里有一群飞来飞去热闹的黑鸟。它们是这里的主人吗？也许吧。你看，有几只站在枝头或耳语，或对唱，或讨论。难道这里真成了黑鸟的王国？驻足于此，兴趣盎然。我不懂它们的世界，甚至不认识它们到底是什么鸟？似曾相识，梦中见过？有一只跳下来，黑黝黝地披了一件光滑的外套，昂着头在麻石路上悠闲地走走停停，就是有行人路过，它也若无其事。我很少如此靠近、如此悠闲地欣赏过这些黑鸟，到底是什么颤动了我平静的内心呢？

我突然想到前几年遇到的那只小黑鸟，可怜的伤者，某一日折翅于我的门前，当我精心喂养、护理了它半个来月，感情上越来越喜欢上它之后，它却在伤痛痊愈之后突然远去。眼前这独行者会不会是它呢？能否明了我牵挂和惦念的感情？还有我因为思念而流下的泪水？

靠边的花径有只小黄狗活泼地跑来跑去，它看到一只黑鸟慢行的身影，于是欢快地扑向它——小狗本来是嬉戏，而那黑鸟却因为受惊，急忙扑腾扑腾飞到了树上。黑鸟大声叫起来，是告诉同伴这里有"敌情"，还是向小狗示威呢？我不得而知。如今人类的某些行为常常令人费解，而况乎鸟兽？

一大群黑鸟开始此起彼伏地歌唱，我想它们如此开心的缘由是什么呢？或许正在举行什么盛大的活动吧？是不是一场婚娶？春夏是它们谈情说爱的最好季节，那么新郎新娘藏在什么地方呢？我的眼睛在一片迷茫中寻觅，我为我自己此时的臆想而感动，似乎我从来就是一个容易感动的人？

初夏走近了我们，抚摸着我们的脸，而我却找不到合适的词语去描写它，我想也许词语躲在什么地方等着我去寻找然后再将它们擦亮吧？擦亮以后的词语将会以什么样姿态示人呢？我以为夏季的步伐从来都是从容而矫健的，如果一直朝前走向秋季，那就不用去寻找了，到时候漫山遍野的累累果实就会告诉你它们究竟在哪里？诗人陈陟云说过，"语词的高蹈，沦陷于血肉的传奇／只有钟摆的苍老，预示相爱的短暂／一生只照亮一秒，一秒几乎长于一生"，人生具有幻象性和虚构性，可谓"一生何其短暂，一日何其漫长”。时光的小船已经划向了夏季的河流，它将继续顺水而行直抵秋天的河流，我们在宏茫的宇宙面前，如何能做到“仰俯自得，游心太玄”？于有限中获得无限，于瞬间把握恒远，也许，永恒，往往在一刹那间收藏。

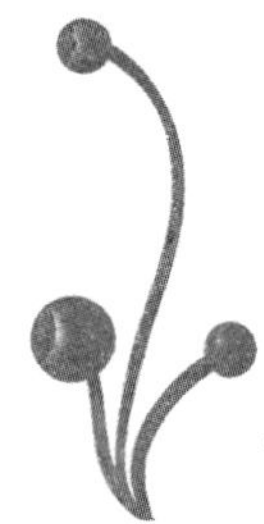

雨·鸽·红花伞

季节的脚步匆匆……

阴阴地平淡了许多时日，今又忽酥酥地下起雨来，如诉如泣，情浓意蜜，时而又为轻风所拂，斜斜地飘忽起来，宛如一片透明而晶亮的薄纱。

循着雨的呢喃，撑把花雨伞出去，想到那几近干涸的池塘边，用心寻找和品味“留得枯荷听雨声”的诗境。在人们的观念中，小雨最易引出人生一些联想，既能让人徒增几分惆怅、几分伤感，也能让人频添几分生趣、几分快意。

我只顾朝前走去，眼前是茫然的一片，耳边是点滴的雨声，如是，已浑然忘我，颇有点“迷不知我所往”的意味了。

恍惚中，一只鸟儿从我头顶掠过。我速将目光往上移，哦，原来是一只深灰色的鸽子，只见它已经稳稳地停在我前面不远的高大的葡萄架上，孑然翩然，昂然傲然，灵活的小眼睛四处张望，像在寻找着什么，又像在记忆着什么，似迷惘，又似顾盼。我见它娇憨之态可掬，便“嗨”

的一声朝它招呼起来。它呢，一动不动，似乎怔怔地望着我，毫无惊恐之色。我不由得收住脚步，所谓“视为止，行为迟”了。是它吸引了我？抑或我也吸引了它？

鸽子在这时却低下头来，雨水正顺着它光洁的羽毛一滴滴地向下滑着。它缓缓地挪动步子，然后在一支枯脊的葡萄藤前，用力地啄着，发出“笃笃”的响声。可爱的小精灵啊，你来自哪里？是否曾经迷恋过这儿那浓郁的绿叶和紫红的果实？

“嚓嚓嚓”，一阵轻快的脚步声从我身边响过，继而一把粉红花伞移到了我的前面，是个姑娘轻盈的身影，她将去哪里呢？

雨仍在密密地飘着、洒着；鸽子，还在雨中使劲地啄着；那醒目的红花伞，也在缓缓地前移——构成了与“萧条冷落”大相异趣的一幅图画。这是怎样一幅令你心湖荡起层层微澜的画面呀！置身其间，你难道不会萌动一种生命的活力，促你去向往、去追求、去创造吗？你还会有何烦恼？有何郁闷？有何解不开的心结？

蓦然，我又回首，好想对那鸽子说一句：耐心点儿吧，小家伙！不久的景致又将如何呢？

季节的足音已近。

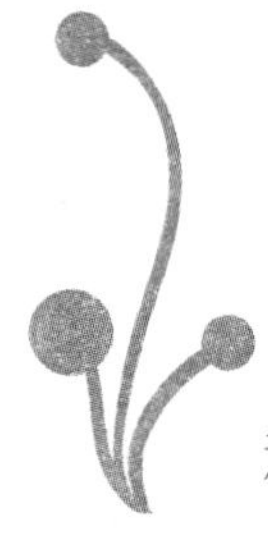

秋风是绝妙的化妆师

秋的影子，早些日子蜷缩在我的屋檐下看天，继而悄悄走近了我们，一点点浸润，了无痕迹地进入新的季节——不经意间，荷花的颜色淡了。

最初，秋的痕迹也很浅淡，曾经与盛夏挨得那么近，似乎彼此融合在一起，不甚分明，不很热，也不很冷，让你无法将它们截然分开。

秋和夏终归是有界限的，晚些时候，秋慢慢地从夏的影子里抽身出来，犹如受不住烘热的孩子，有些不耐烦地脱掉一层外套，义无反顾地毅然朝前走，一直朝前走，越走越快，直到彻底脱离了燠热的夏。

秋随着日子一天天过去，欣欣然地吟唱，和着蝉鸣，好是悦耳。就在这样的低吟浅唱中，秋开始脱胎换骨地变化——越来越接近秋了，真正内涵的秋，真正严峻的秋。有一天宣告说：我就是我。远方的阳光，突兀地跳进来，与秋之影一起听一首时光之曲。

日子不是一成不变的，就像“月有阴晴圆缺”。这几天，炽烈的阳光开始暗淡，秋的身影大步走来，不再像以前那样亦步亦趋，也不怕秋风的遽然侵袭。雨骤风急，一个温暖的梦被吹凉了，凉在夜半，凉在无人的灯影里。

梦，是被谁吵醒的？于是起身，披衣、推窗，外面黑黝黝的一片，像茫茫沉睡的海，虽然没有往日咆哮的声音，但我知道，这只是暂时的平静，如此，往往会忽悠很多涉世不深或者放松警惕的人，也许会在你不留意间，无情地吞噬你，让你陷入万劫不复的境地。何况，深海里潜藏着那么多令人恐怖的食人动物，万一碰上了你也是躲闪不及的，这就需要你有坚强的意志和定力。

难道是我的一种幻化吗？这只是一个普通的夜啊，此刻，无人与我会晤，无人与我同醉。

秋风近了，秋风紧了，秋风浓了。秋风让一棵树挨着一棵树，任凭鸟儿把歌唱得如何欢悦。

秋风就是这样一阵紧似一阵，路上来来往往的行人，已经加上了厚实的外套，他们很会保护自己，把脖子缩在衣领里，加紧了走路的速度。试问，秋风会否摧垮你的意志？秋风会否侵袭你的骨髓？

秋风中，我们瑟缩着前行，但我更加相信，这是个收获的季节，每一棵树上都挂满了红色和橙色的果实，哪怕秋霜寒露，人们期盼已久的美景就在眼前。突然看到了一幅画面，袁隆平院士在丰收的田埂上，他笑了，与这个秋天一起笑了。

秋风真是个绝妙的化妆师，催浓了季节，催热了心绪，丹桂香了，枫叶红了，请秋风再说一句，请秋风再听一遍，我们的快乐也是你的快乐吗？

许多的日子，我都在倾听秋风，只有在这样一种状态中，我的心才安然。远方的树林，风声一阵阵地掠过，树尖的叶片微微颤动，像是回忆，也像是倾诉。我知道昔日的一切都那样完好，不管留下的痕迹深浅与否，只要是我经历过的都要好好收藏。

秋风有时是凛冽的，凡是它经过的村落、河流、小路，都会扬起沙尘。我们尽可以避开这样的侵袭，甚或是伤害。我们可以合力筑一道防风堤坝，哪怕是太平洋突如其来的飓风都能够抵挡。人的意志在秋风中可以得到锻炼，等到你走向冬天的严寒时，你完全可以从容若定，冰天雪地中，你笑得那样爽朗，响亮的笑声，温暖了整个冬季。

笑声，歌声，笑声和歌声在这个秋天富有成熟和温馨的韵味。这一刻，我听到了四周响起的回声，仿如微风在吹拂春夜的树梢，又似星光正抵达我们的内心。

推开窗户

深秋了，仿佛到处都挂满了果实，又好像到处都是荒芜。我曾经那么喜爱的红色、黄色、紫色、绿色和蓝色都在一场接一场的秋风中朝着陌生的地方渐渐隐去。撕开墙上的日历，眼看霜降就要到了，再往后，雪的气息也将从天而降，梅花的身影越走越近。日子啊日子，我亲爱的日子！

前天、昨天、今天，我们小小的一颗心，被浩大的宇宙层层包裹起来，“在一切都变得很轻的时候，只有心，承受着超重的负荷”。我们离世界最近也最远，虽然追不上流逝的岁月，但可以追得上自己。终于等到一个休息日了，顿觉周身轻松，于是蛰伏斗室，关紧门窗，如此，也到底关不住世界的精彩。在透明的玻璃片中，世界会泄露任何的风吹草动。浩瀚的天地之间，我们只不过是暂时的逗留者，逗留于这方寸之地，任红尘喧闹，世事纷扰，若能求得片刻安宁也是幸事。

这是一个很平常的日子，没有任何风云突变的征兆。安然而坐，端一杯苦丁茶，翻开泛黄的书页，追寻历史邈远的踪影，无不感到时空的逼仄。光阴像风一样行走，我们微弱的呼吸在努力支撑着每一个黑夜和白昼。此时此刻，我的心是温暖透亮的，一种可遇不可求的怡然自得让我试图学着花儿的样子笑了笑。这样的一种快乐不由得想起俞平伯与朱自清共有的“刹那主义”，朱自清认为“生活的每一刹那有一刹那的趣味，或也可不含哲学地说，对我都有一种意义和价值。我的责任便在实现这意义和价值，满足这个趣味，使我这一刹那的生活舒服”。

人在享受快乐的同时，也在不停地思考。故而，人被看作“会思考的芦苇”。当你这样很静很静地坐着时，不仅处于思考的状态之中，而且五官会异常灵敏，室内一根针落地的声音都是那样分明，书页的墨香也是那样清晰。就在这样的安静中，突兀的滴答滴答声响起，哦，雨打芭蕉。于是，到底坐不住了，掩卷起身，踱至阳台，习惯性地拉开半扇铝合金窗户，一缕清风飘然而至。

伫立窗前，远眺近看。只见灰白色的一片天空，单调而沉郁，躲来躲去的都是云，飞来飞去的都是风；正对面是鳞次栉比的楼房，新旧交错。楼前一座大花圃的周围是一圈麻石路，再支出几条小径。过去一段是一大片蓊蓊郁郁的竹林，深沉的绿色掩映着一栋老红色旧式楼房，但见雕梁回廊，曲径通幽，青苔黄叶，古韵犹存。一群黑色的鸟从低处向上跃起，扑哧扑哧就飞到了树尖和屋顶。

雨线在我的视线里越来越粗，楼下好像有了喧哗声，听到有女孩子惊慌而夸张地叫着。正在疑惑中，又是一阵欢快的笑声，不由得探头朝下面一看，五颜六色的雨伞犹如山中盛开的花，斑斓而富有生气。看来雨中很容易生出某种情绪，也很容易消融情绪。本来我是想拘囿自己一天的，一来专心致志做点手头的事，二来感受一番独处的寂寞。因为人很容易在某种特定的环境里经历可怕的孤独。当然，这种孤独远非卡夫卡似的孤独，他曾经决绝地说：“我将不顾一切地与所有人隔绝，与所有人敌对，不同任何人讲话。”然而，他后来在日记里写道：“今天早晨，许久以来第一次尝到了想象一把刀在我心中转动的快乐。”哦？他竟然感受到了快乐！看来，孤独和寂寞都是可以改变、融化的，卡夫卡那样深远的孤独也有快乐的时刻。

窗外滴答滴答的雨声，仿佛忧伤的慢板，紧一阵松一阵地敲击着我凌乱的记忆，落叶般向远处飘去。向来喜欢一个人在户外漫步，曾经被人戏称为“首席行者”，自以为算是名副其实的称谓。在这个有雨的日子，我被窗前成熟的秋意所吸引，不想再待在沉闷的房间里了，披上一件乳白色外套，提一把淡蓝色碎花雨伞，风一样地闪出门外。在雨中，几分寒意袭人，但我相信等到天黑以后，灯火，将会被一盏盏点燃，“然后，就看见满天星星，从幼时的故乡出发，越过幢幢鬼影，一五一十，光芒从未减少”。

那些或深或浅的痕迹

叫不出名字的一种树，齐齐整整地站在我们这个院内通道的两边。青绿的叶子，一片挨着一片，拥挤而亲密。叶与叶的缝隙，挂着小串小串淡黄色的“花”，柔柔地垂下来，乍看有点像桂花，有着浅淡清雅的韵致，一阵风悠悠然地过来，吹得树上的“花”零零碎碎散成一地，星星点点地铺在深绿色幽深的青苔路上，点染成不常见的别样秀色。

大清早走在这样的路面，心颇有几分不忍，唯恐我的高跟鞋会像刀子般在淡黄色的绒毯上划出一道道痕迹，隐隐地伤在心里，踌躇间有点恍惚了，为一种痕迹，为一种痕迹惹出的痛。

岁月总会留下些或深或浅的痕迹。想到最近看马志明的一组风景画，刹那间以为自己正行走在那画面里了。淡雅的色彩，简洁的构图，展示出来的都是平日里大众再熟悉不过的景物：低矮的村舍，蜿蜒的小路，交错的田埂，清澈的池塘，烂漫的山花，无不洋溢着江南农村的激情与野趣，展现出了旺盛的生命力。对自然界如此美好的解读和认知，并不是马志明有意地忽略人类留在自然中的痕迹，甚至是带毁灭性的严重伤害，他的艺术一度“受到大地上痕迹的激发，从黄土高原刀劈斧削般的沟壑，到江南水乡斑驳淋漓的印痕，凡是与痕迹有关的东西，无不让他着迷”。或许是一种人文关怀吧，画家用画笔轻轻抹平了或显或隐的创口，从容地从各种痕迹中走出来，就像是从一条狭窄的田埂走向一片开阔地，努力将欣赏者引入到一种诗意的栖息。如同现在的我，也懂得痕迹尤其是刀划过的痕迹会让人刻骨铭心地痛，然而，我必须要像马志明那样，用心灵幻化出的画面覆盖住曾经有过的印痕，再种上一株株蓊蓊郁郁的树。

回来的路上，月上东山。夜，慢慢归于安静，很像马志明笔下的一幅风景画，淡蓝色的星空下，延伸着一条铺满月光的路，两旁模模糊糊站立着高高低低叫不出名字的树，傲然而洒脱，空灵而飘逸。此刻的我，神清气爽，似乎满身浸染着月亮的香气，散发出月亮的淡淡光华，心里曾经刻过的一些痕迹全被这香气与月华抹成一片白色了。

走回到院子里，又隐约看到了那一地浅黄色的“花”，只是清晨出门时织锦般的画面被各种划痕破坏得面目全非了。我的心不由自主地开始抽搐，一些莫名其妙的疑问号和惊叹号纷纷跳将出来，闪烁于夜的光影里穿来梭去。正在这样疑神疑鬼的当儿，我的脖颈突然有种凉凉的、异物爬动的感觉，莫非是树上掉下来什么虫子吗？不禁有些害怕，当然，不是害怕虫子，一条虫子算什么呢？只是害怕虫子毛茸茸的样子，更害怕虫子那阴冷的内心。它或许会咬痛你，伤口尽管不会很深，却会扰得你内心混乱，烦躁不安——人有时候就这样怪，在小小的虫子面前竟然也会不知所措、束手无策。

我开始想呕吐，被这条来历不明的虫子所害，无奈之下，只好揪住衣领，尽量不让虫子爬进我衣服里来，然后，一边不停地蹦跳，一边用手去抓，希望把那讨厌的东西从我的身上赶走。等到感觉好起来时，一身顿时轻松了，放下揪衣领的手，左一圈右一圈地跳起舞来。月光下舞蹈，是情之所至，兴之所至，虽无音乐伴奏，也无人喝彩，但从生命本体的需要出发，内在的韵律何其优美，激荡着生命迸发出一种原始的冲动。所幸四周静悄悄的，倘若真让人看到这样神经兮兮的一幕，也会怪不好意思的。本质上我还是一个内守的人，而今天夜里这种可遇不可求的欢悦，确实是妙不可言！

瞬间，我又开始后悔了，原来满心希望保持铺花路面的完整与美好，却在别人破坏的伤口上更加重了另一种破坏，哪怕是一种灵魂的舞蹈，是一种平复心理的释放方式，然客观上却是留下另一种痕迹了。容不得他人的过错，难道可以容忍自己吗？

于是，我赶快收住野马般的思绪，放慢旋律的步伐，整好凌乱的长发，长吟一句“心静则明，水止乃能照物；品超斯远，云飞而不碍空”，迅速撤离现场。

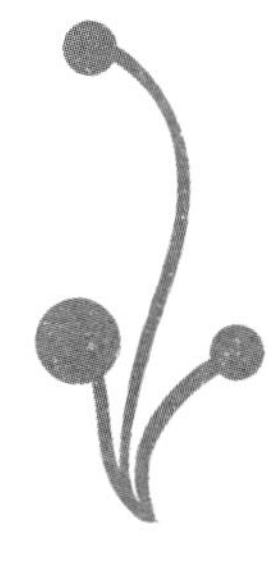

流年风起，梧桐叶落

流年似水，转眼立冬了。雨线在我的视线里越来越粗，楼下隐约有了喧哗声。

无论我愿意还是不愿意，天就这么黑下来了，朦胧的夜色盖住了许多流浪的思绪。窗外依然是滴滴答答的雨声，空气开始潮湿，我习惯性地将那扇窗户推开，即刻闻到淡淡的香气，是秋天留下来的。夜，在我的惴惴不安中渐渐深沉。远处传来断断续续的犬吠声，声嘶力竭，令人联想到郊外瞪着绿眼的野狼，不禁毛骨悚然。我渴望，渴望着黎明早点到来。

黎明毕竟还没来到，那就安心沉睡在夜里做个好梦吧。对于一个喜欢做梦的人，不期然而然地翻一个身又翻一个身，梦便成了喜怒哀乐的折子戏，优伶般一出一出地唱下去，唱到最后快谢幕时，都认不出自己到底是谁了。捂着怦怦跳动的心，恍然惊醒，看看窗外的一抹白色，才清晰地意识到新的一天又开始了。

梦的叶子在风中纷纷飘落，这样的时候，风揪得更紧了，天阴阴郁郁的，像一个心事很重的人，背着岁月的行囊，走不出自己的围城。当然，我们现在完全可以闭上眼睛，捂上耳朵，不去回忆那段可怕的梦境，也不去倾听呼啸而来的风声，说起来未免有点掩耳盗铃的味道，但适时的“难得糊涂”对人消释不良情绪也是有所裨益的。不是吗？庄子的《养生主》竭力说服你避开一些有可能伤害你的障碍物，而你又何苦老是往石头上或者刀尖上撞过去呢？

曾忆起，春天开出的桃花、杏花，唱着轻快的小曲，飞鸟一般轻盈而美丽。春天的基调和旋律，引来成群的蜜蜂采花，一场又一场盛宴，铺满了走向远方的道路。那么多的春天都十分美好，一大片树林从远山传来密语，穿过茫茫的芦苇丛，我看到了平静的湖，一些事物净化后在纯净的水中闪烁。轻风、细雨、卵石、游鱼，不过在今夜，美好的春天只是岁月遗留的梦境罢了，承受了更多的遗忘与漠视。

谁能够说自己遇不上一阵风或者一场雨呢？更有甚者，在漫长的暗夜里，什么情况都可以发生，险象环生，惊心动魄。那么，我遇上了吗？你遇上了吗？不知道，真的不知道。因为这里没有参照的对象，究竟什么样的情形才会让人们以为身陷困境呢？如果我们来个假设，客观一点的假设，是否可以轻轻地说一声，回首岁月走过的脚印，或许有过？或许没有？

走近一点，再走近一点，走回我们的心灵深处，昨天的记忆是否还有残留的伤痕？

流年风起多愁雨，
梧桐叶落自相和。

黄叶散满一地。一群不说话的人，遇见另一群不说话的人。他们为什么都皱着眉、低头看自己的脚尖呢？脸上隐隐带着蓝色的忧郁。是害怕吗？还是惊恐？害怕和惊恐到底有什么区别呢？人生之路，难免会遇上阴霾和不测，多愁的风雨会摧残你的心志，会撕裂你的脏腑，倘若你毫无防备，缺乏起码的心理准备，没准你会一夜间苍老。花儿的一生只能够在春天灿烂一次，就是日日灿烂的月季，遭到风吹雨打，雷袭电击，顷刻间也会残红满地。秋天已经走过，严霜和风雪将步步逼近、逼近……

如果我是那些花儿，我会轻轻掸掉身上的灰尘，怀着坚定的信念洗涤一次灵魂。无尽的伤痛，无奈的等待，都在我的文字里流淌成一条无声的小溪，日日唱着忧伤的歌谣，抚慰着惊慌的羊群，在挣扎中重新找回迷路的森林和草原。

与岁月一道站在岸边，看到对面的树林开满紫色的、黄色的、白色的花，就像画家笔下一幅斑斓的油画，颜色的深浅、树枝的疏密，天然而成。我想去的地方也许就是遥望着的远方？我不知道我能否掌控自己的命运？

冬雨，淅淅沥沥，站在雨中，几分寒意袭人。在遥遥无期的等待中，托着自己沉甸甸的心事，找不到存放和丢弃的地方，莫非这样晦暗的日子依然一个接一个吗？梧桐叶落？梧桐叶落到底是什么时候？别让我等得太久了，我快耐不住了，真的。不管眼下风霜如何严峻，但我相信就是等到天黑，灯火，将会被一盏盏点燃。

第三辑　流金岁月

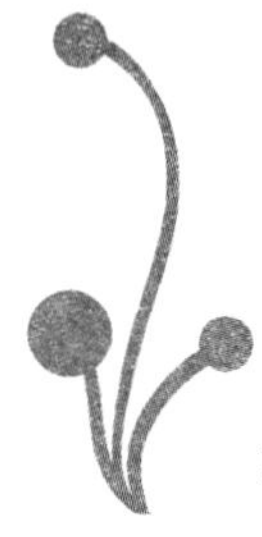

沉在湖底的天堂

这个下午终于从躁动烦闷慢慢复归为安静怡然，这种不期然而然的心理转换应该是从阅读张立勤开始的。张立勤是国内有一定影响的散文大家，与其相识是一种美丽的邂逅。她思维敏捷、联想丰富，脱俗的表述和清新的风格常常让我沉醉于她的文字里遐思冥想、乐而忘返。

《安静的颗粒》一文是张立勤的新作，是她在欣赏修拉油画后的观感。“这些颗粒还都是颜料，但当它们经过了修拉，它们就变成了颗粒——多么安静的颗粒啊！”文章就这样看似漫不经心却又是源于内心的一种诉求而开始的。于是，我随着她的文字一起欣赏起修拉的画来：一条清澈见底的河流，彼岸是高低参差的楼房，此岸是一片草地，绿荫下一个身着长裙的年轻女人带着一条奔跑的小狗。所有的一切景象，全部都是色彩经过修拉之手变成的颗粒构成的。

法国新印象派画家修拉为了充分发挥色调分割的效果，常常采用不同的色点并列地构成画面，在张立勤看来，即为分解的颗粒。她情不自禁地发出了自己的感慨：“这些颗粒，由内心往外的方向出生。我看到了那个方向，不涌卷，也不出声。当它们停在画布上往四处扩展的时候，依旧不涌卷，不出声。它们各自停在自己的位置上，互不打扰。它们很干净，像在持守爱情。”这样的理解带上了张立勤极具个人化的色彩。她在文章的结尾十分平静地说：“我非常喜欢这幅画是一个下午，一个我自以为的下午。因为，我在我的下午——也在分解，分解到颗粒，安静到颗粒。”如此看来，张立勤是从修拉的绘画作品里读到了一种安静。我疑心这种安静真是她“读”出来的。只是有些不明白为什么要和她自己的下午联系起来呢？

就在这样一种略微不解的揣测中，我很快联想到了诗人远人的文章，上午在浏览晚报时读到的，题目为《城市里的鸟鸣》，开篇就提到自己身居闹市，不喜欢高楼、霓虹和公路，除了必要的应酬，下班后喜欢窝在家里，“因为家中总是安静的，不会有什么不喜欢的事物来打扰”。又是一个欲求安静的人！然而，鸟的声音对于远人来说又是那样亲切、优美：“我忽然感到我听见的其实不是鸟鸣，而是大自然在对我发出它的声音。它既不是召唤，也不是倾诉，它只是发出它的声音。”如此，我们可以从远人的文字里感觉到，人的内心对于安静的趋向性并不排斥声音的出现，关键是什么样的声音——愿意倾听的声音会让人感到幸福，而噪声却让人感到烦躁和不安。“行文至此，我听到窗外又飞快地掠过几声鸟鸣。在钢筋铁骨的城市，能听到这些珍贵的声音，我其实是多么的幸福。”

远人的这份内心独白不正好是对我那种不解和揣测最好的回答吗？果真是心灵的一种不谋而合了。难道这个喧嚣繁华的世界还有一个又一个需要去寻找安静的人吗？若你，若我，若他？

远人在文章里提到了梭罗的《瓦尔登湖》，我也随着他的导引再一次来到梭罗的“湖边”，仿佛看到了遥远的 1854 年美国康科德州一汪澄清的水边站着一位寂寞的思考者。这本书的译者徐迟先生说：“《瓦尔登湖》是一本静静的书，一本寂寞的书，一本孤独的书，是一本寂寞、恬静、智慧的书。”可惜的是若干年里这本书不为广大读者所熟悉，就是成为世界名著之后也还是寂寞地沉睡于“湖底”。你想想，喜欢热闹的人会去读它吗？忙碌于场面的人会去读它吗？奔走于南北东西的人会去读它吗？那么，谁会成为它的读者呢？也许只能够是心底孤独、欲求安静的人吧？梭罗在当时资本主义高度发达的美国见惯了高楼霓虹、灯红酒绿，他一度感到厌倦，感到疲惫，于是类似中国的隐士看破红尘、归隐田园，在安静的瓦尔登湖独自生活了两年零两个月，从中感受到了释放重负的喜悦，也许与陶渊明的“采菊东篱下，悠然见南山”有异曲同工之妙吧？

这样一种与现实走脱的逃离方式，对于今天的大多数人来说，恐怕也只能够是活动活动心眼罢了。因为，毕竟我们与这个社会和周围的生活环境有着千丝万缕的联系，真正看破红尘、隐于林泉的还是微乎其微。张立勤只能够在修拉的画里感悟安静，远人也坦率地说：“我没在野外，仍是在这个城市。不管我多么不喜欢城市，我还是得在这个城市里继续生活。”君不见，讨厌高楼，可很多人在热衷于买房；讨厌铜臭，可很多人在热衷于发财；讨厌仕途，可很多人在热衷于考公务员。有几人又能够真正与现实隔断呢？

在这个熙熙攘攘、忙忙碌碌的红尘世界里，在震耳欲聋的摇滚乐中，没有心灵的天堂，高官没有，富人也没有。心灵的天堂究竟在哪里呢？让我们寻找到那个远古静谧的村庄，然后沉到梭罗的瓦尔登湖去吧，一汪湛蓝而澄净的湖水，是洗涤心灵、安妥心灵、休憩心灵的最好去处。

旧林寻踪

这片林子，是我曾经的乐园，若干年里，与我居住的大院毗邻，成了我生命中最为依赖的好“邻居”。试想在今天这个时代，终日生活在水泥钢筋之中，如若没有郁郁葱葱的树林，该是多么单调乏味啊，也必定会感觉缺乏某种灵气与生气。

不由自主又一次来到这里。此刻，残阳如血，天色向晚，暮云合璧，归鸟寻巢。七月的暑气销蚀着周围的静谧，显得有几分躁动不安。徘徊于林中弯曲的小径，可谓“丰草绿褥而争茂，佳木葱茏而可悦”。在炽烈的夏季，路边蔫蔫地站着些花花草草，懂事或不懂事地向你颔首微笑。生命是不可以被漠视的，哪怕草芥般普通，你理当领情，理当受宠若惊地报以友好的微笑，这是生命对生命的尊重。漫不经心地徘徊于树下，许多或清晰或模糊的影像纷至沓来。自己到底是个念旧的人，自从年初搬迁新居之后，这片林子已然成了我的过去，如同一幅泛黄的轴画深藏于记忆深处。

很多个日子，我在清晨和傍晚都喜欢走进这片林子，或疾走，或漫步，或驻足。尤其是新雨过后，林子里氤氲着草木的芬芳，四周安然静谧，不由得深深吸进一口气，再深深呼出一口气，“吐纳功”的好处真是妙不可言。曾经有那么一刻，恍惚这林子原本就是为我而建造的，我如此地喜欢它也爱护它，它成了我生活中不可或缺的一部分。

旧林留给我的印象实在是太深了，某一个清晨，某一个夜晚……

是的，记得有一个清晨，适逢周末，鸟儿清脆的啼鸣，将我从梦中缓缓唤醒。睁开眼，晨曦透过乳白色的窗帘散落在我的窗前，哦，新的一天又开始了！旋即翻身起床，洗涮、吃饭、换衣服。收拾停当，伸展着胳膊进入林子。林子中间有一个新建的亭子，不知道出于哪位有想法和创意的设计师之手？看得出试图将中西风格融为一体。亭子的主体造型有中国古典建筑中周周正正的风格，而亭子的顶部却又带上了西方的圆庐特色，颜色也是青灰色基调。看上去很美，是一种不伦不类、别别扭扭的美，近些年艺术讲究“混搭”，难道这亭子也是吗？阳光从树的缝隙里漏下来，闪烁着，闪烁着，人站在亭子中间，情不自禁地吼上几句平日里喜爱的歌，旁若无人，周围立刻回荡着响亮的共鸣声。这时，积郁于胸的倦意与烦闷顿时全都被释放出来了，真想用上两个词：荡气回肠、神清气爽。即刻，惠特曼《草叶集》里的诗句跳了出来：“呵，我的灵魂，我们在平静而清冷的早晨找到我们自己了。”

还记得一个落日熔金的傍晚，我独步来到这片林子里，一簇茂密的竹叶里，隐藏着不计其数刚从四面八方飞来的鸟儿，褐色的，它们欢快地叫着，热烈地嬉闹着，你若蹑手蹑脚走近，不怀好意地摇动一根竹子，立马就有几只小鸟惊慌失措地飞走了。再过一阵子，鸟声终于慢慢安静下来，林子归于寂静。然而，隐隐约约觉察到还是有动静。一些不睡觉的动物时不时在这里游走，我想它们或许为了一口食，没准儿会打斗，猫犬之间、猫鼠之间、蛇犬之间、蛇蛙之间，甚至蛐蛐与蛐蛐、蜈蚣与蜈蚣、蚊子与蚊子，等等。思维正进入某种想象中时，听到一旁传来几分怪异的声音，我扭头一看，原来一棵树上有两只猫正对峙着，一只黑猫与一只灰猫，我不由地停住脚步，看它们那样子，都憋足了劲，大有比个你死我活之势，不太像是逗着玩儿呢。几秒钟后，那黑猫掉头往上面爬，灰猫也跟着爬上去，黑猫猛一回头，龇着牙，对着灰猫大吼几声，然灰猫也毫不示弱，死死地盯着黑猫，嘴里呼呼呼地干号着。两只猫就这样对峙着，做掐架状。我本来想学学《昆虫记》的作者，继续观察一下“动物世界”，冷不丁从哪儿窜出一条小黄狗，看到树上的两只猫正在玩游戏，便冲着它们汪汪汪地叫个不停，我纳闷它这是劝架还是助威啊？动物之间的是是非非，人类哪里能够辨识呢？

天色渐渐暗下来。突然想起某天曾误打误撞闯进一片大森林——亦真亦幻？似梦非梦？同行的还有我的几个伙伴。这座森林树木葱茏，参天大树，一棵棵坚挺地站着，安静时有种疏阔的拥挤，风过时又有一种神秘的喧嚣。我不知道这些树到底生存了多少年？几千年？几百年？几十年？小时候看过很多童话故事，有句歌词说，“山的那边海的那边有一座大森林，大森林里住着一群可爱的蓝精灵”，多么让人神往的地方！导引者信誓旦旦地说，没事，只要你们一心一意、坚定执着地朝前走，一定会有收获的。然而，大森林里时不时也会发生令人毛骨悚然、心惊胆战的故事。一不留神会遇上些可怕的鬼魅、妖魅，《西游记》里出现的种种诡异现象，不就是在森林里发生的吗？至于会否遇上吃人的猛兽，如狮子、老虎与毒蛇，那就要看命运之神如何安排。但丁在《地狱》篇中叙述说自己在黑森林中迷路了，他用诗歌描述自己当时的心情，“啊！这森林是多么荒野，多么险恶，多么举步维艰！／道出这景象又是多么困难！／现在想起也仍会毛骨悚然，／尽管这痛苦的煎熬不如丧命那么悲惨”，毫无疑问，但丁的困惑与恐惧，不论谁遇上类似的情形，恐怕也是在所难免吧？

但丁最终会走出那片黑森林吗？

天完全黑下来，整个林子变得黑黝黝的，有点像但丁笔下的黑森林了。不时有虫鸟奇怪的声音传到我的耳中。我想我应该尽快离开，离开这个我曾经多么熟悉的旧林，它以后只属于我的过去，只能留在我的记忆深海。今晚从这里走出后，我不想再回头，我将要去寻找我新的林子，新的乐园，它在哪里呢？我现在也不知道。那就且走且看吧。掌灯时分，前面有了稀疏的灯光，周围的人们，会陆陆续续将灯火点燃，为这个黑夜传递出温暖与光亮。就像巴金说的，几盏灯甚或一盏灯的微光固然不能照彻黑夜，可是它会在夜里给一些人带来一点勇气，带来一份温暖。

人都在寻找温暖与光亮的。周围，回荡着梦幻般若断若续的应和声。我迅速回望了那林子一眼，然后转过身来加快步子，朝着前面的路走去。

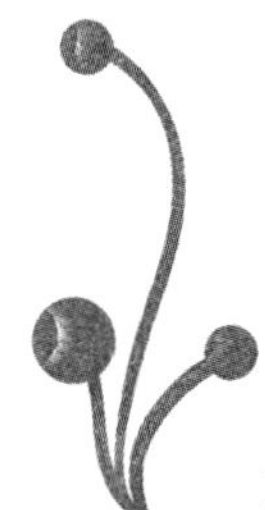

关于一棵树的遐想

一向还算恋旧的我，迟迟不肯从居住十余年的老房子里搬出，似乎总有这样那样的理由。直到开始请人搞装修了，仍然磨磨蹭蹭并不怎么在意，任由工匠们拖拖拉拉超过合同规定时间的好些日子。等到全部竣工后，也不急着搬迁，心安理得认可理论上说的，新房子最好闲置一两年住进去才不至于被甲醛毒化。安静的时光，一天天很有耐心地等待着我，拖到最后再也找不出淹留的理由，何况新年在即。

新居是一套复式楼，我喜欢这种错落有致、不甚规则的结构，尤其喜欢上下两层宽松敞亮的室内阳台。将所有的重要家具搞定之后，我们将旧房子露天阳台上的盆花全部搬了过来，从视觉效果看感觉还不错，屋子的每一个角落都为绿色所充斥，为新居增添了许多生气，也为我每天的生活增添了不少乐趣，看一看，闻一闻，浇浇水，剪剪叶，无一不是生活的调节与享受。一位书人说得好，在这个世界上，能够做到令身边十个人愉悦的人，已经不多了，而植物，却几乎令所有人愉悦。

我们去花卉市场精心挑选了一批养眼的花木。那位健谈的卖花人特意为我们推荐一棵风姿绰约的树，这棵树比站立的人要高出一头，蓬勃向上的枝干，浓密繁茂的枝叶，不知道它是来自山中的自然形态，还是经园圃花工精心雕琢之后的作品？在寒冷的风中，枝叶发出细微的声响，像是在与我言说着什么。卖花人告诉我们这树有个很好的名字，“幸福树”。我疑惑地看着这位卖花人，希望从他的脸上读出答案来，因为我懂得，任何植物的名字，看似自然普通，却是神秘而神圣的，谁能够随意地赋予它们一个呢？看着这棵颇有缘分的“幸福树”，品味着这名字不可抵抗的含义与诱惑，我不由自主地掏出票子与卖花人轻轻松松地进行了交易——他在制造“幸福”，我在买进“幸福”，如此而已？

无疑，这棵意义非同一般的树成了我家新居的贵客，我们将之放在客厅与阳台交接处最显眼的地方，进门来一眼就可以看到。每天我耐心地伺候着它，全家人也都小心翼翼地对待它，唯恐哪一天不尽心而导致它枯萎。不知道到底是什么原因，这棵“幸福树”过不了多久叶片就开始泛黄，憔悴损的模样，这是我最为害怕的。是浇水过多还是浇得不够呢？或者是被厚厚的水泥墙拘囿，缺乏自然的阳光雨露？面对着它，我有点束手无策，实在不敢轻举妄动了，就是浇水，每次也是很保守极小心地淋那么几滴，意思意思。因为微信里有人提醒过，花是浇死的。然而，熬过一个冬天后，在大地回春的日子里，这棵“幸福树”终于落光了所有的叶子，只剩下光秃秃的枝干。

春天日复一日地暖和起来，然而我的盆花总不见有蓬勃光鲜的迹象，它们佝偻着身子，叶子也蔫蔫的，像一个个失血缺氧的老人，窝在苍白的时光里，被岁月的阴影笼罩着，张扬不出半点精气神来。正好，有次我们去楼顶观赏周围的风景，看到眼前空空荡荡的一大片，这空间完全可以利用起来的，商议一番后，决定将我们阳台上几近枯萎的花花草草搬上楼顶，包括那棵“幸福树”，也颇费气力地搬了上去，将它从大花钵里抽出来，弃置于最不起眼的一个角落。那些细细密密、歪歪扭扭的树根，像极了一个人脉络不畅的毛细血管。

我以后上到楼顶时，居然对这棵已经死亡的“幸福树”视而不见，从它身上抽出的那只花钵，在朋友的指导下，已功利性地埋下了两粒丝瓜种子。种子很快发芽，看到丝瓜秧子生机盎然地往上攀爬时，我似乎收获了另一种快乐。然而，我的盆花搬上去一段时间后，始料未及地全部焕然一新。更令人惊讶的是，那棵已经全部干枯的“幸福树”，竟然也开始在树根部冒出几片新芽，慢地，慢慢地，新叶迭出，再过一段时间，这棵树的新叶已经往上长到半个人高。原来，它没有死，它还活着？！看来花花草草的生命，恐怕害怕人为的强制行为，害怕失去深山幽谷，它们需要餐自然之风雨，饮天地之精华。

生命的迹象，已经奇妙地回归到这棵被判定为死亡的“幸福树”身上，我们除了赞叹生命的顽强、赞叹大自然的神秘力量，还能说什么呢？这棵“幸福树”到底从未死亡，还是重新复活过来？我至今尚未找到答案。总之，它现在活得很精神很生气。相形之下，我不免感到有几分惭愧，在歉疚中来回往返地行走，差不多觉得我是不是已然成为这棵树的杀手？是我曾经一度将它送入死地，而大自然却适时地解救了它，使它获得了新生。

我想起有人说过，了解一种植物，你能够做的只有：呼吸它、触摸它，感觉它的气场。如果它不在你身边，那么四季不断地去看望和观察它。说到底，喜欢一种植物就像喜欢一个朋友，对一棵树一朵花所花费的时间，绝不能比与一位朋友交往的时间更少。你得全心全意、专心致志，你要认真与它交流，与它说话，与它倾诉，让它懂得你的情感，懂得你对它的喜欢，倘若一个人真能够做到这样，一棵树还忍心离你而去吗？谁说植物没有心灵？谁说植物没有情感？就是一茎小草，你若在心里栽种了它，它也一定会在你心里发芽生根、相伴永远的，它们为生命所做的努力，并不亚于人类。那么，我们该如何滋养它的心灵，滋润它的生命呢？

雾城随想

我所居住的这座城连续晴朗了许多个日子，人们都在轮廓分明的世界里生活，哪怕是空气中一点点很容易忽略的灰尘都无处躲藏。而且，晴的日子太久，莫名地觉得有些单调，令人倦怠。甚至花儿都有受骗的感觉，还未等到过冬就误以为是春天已经来了，迫不及待地早早绽放开来。我在想，等到春天真的到来时，它们会不会重新再开放一次呢？暖冬，又一个暖冬，印象中好多年都没碰到过这样的暖冬了。当然，干涸的河流比我们期待得更加焦灼，它们盼望着淅淅沥沥地来一场痛痛快快的雨。

天气预报早就报道说这几天气温会大大下降，且会降雨，只是迟迟未见。今天早上起床，推开窗户一看，漫天大雾，均匀地笼罩着眼前的一切。急急地下楼，在大雾里穿行，能见度极低，前面是模糊的一片，我所熟悉的那片樟树林早已经悄然隐遁，不知去向了。

整个上午都是雾霭沉沉。小时候曾听老人说过："早上雾雾漫，下午晒老汉。"依据过去的经验，常情下大雾天都是上好的晴天，一般上午十点以后太阳就会出来。然而今天到中午了还是感到天气阴阴郁郁的，雾尚未散去，太阳没见出来。电视不断报道，由于大雾天气影响视觉，已经造成多起交通事故了。

午饭后，我习惯性地独自登上屋顶，宽敞的平台上空无一人，于是随心随意地一会儿舞蹈，一会儿健身运动。神清气爽之后，便趴在平台的护栏上，久久地凝视着眼前那座被称为亚洲第一高的斜拉桥，歪着身子像把利剑有力地劈将下来，若按风水先生的眼光看，不知道是不是切断了桥下这条河流的命脉？

站在这里可以俯瞰城市的一部分。新建的一座大桥，隐约蠕动着来来往往的车辆，不再像往日那样肆无忌惮，从上面看下去，孩子般小心翼翼地亦步亦趋，唯恐稍有闪失，便是人命关天的大事。也许司机们都在想，何苦要拿自己和别人的生命与老天爷抗衡呢？大雾天，千万小心！

从很远的地方飞来一大群鸟，成千上万只啊，叫不出名字来，每一只都是灰褐色的，它们一只接一只地喧闹着停在一棵最高的树上，像参加一个早已约定的盛会，掩饰不了内心的快乐，叽叽喳喳叫个不停，集体情绪异常热烈。霎时一阵风掠过，鸟儿们呼啦啦扑腾腾一大群又飞向了远方。爱鸟的大诗人非泰戈尔莫属，这么多可爱的飞鸟要让他老先生看到了，不知道会产生多少美妙的诗篇呢！

我在平台上踱来踱去，雾，终究没能如我所愿逐渐散去，依然厚厚地笼罩在头顶。只有一小会儿，太阳像裹了一层棉纱偶尔捅漏了雾团，亮亮地露出来一点点，一刹那间天地通明，还来不及惊喜，瞬间就黯淡了下去。

难道说大雾天真的不好吗？为什么不好？遮蔽了阳光？挡住了视线？妨碍了生活？影响了心情？在我看来也不尽其然，从某种意义上说，有雾未必不是好事，常说“雾里看花才谓之美”，实实在在具有特别的审美意义。世界上的事物就是如此，模模糊糊，不甚明朗，或许比一目了然更留有余地。有时候，你不必看清别人，也不必看清自己，只有在雾里可以做到。雾与黑夜似乎有异曲同工之妙，既可以掩盖罪恶，也可以掩盖真相。掩盖了的事实上还是存在，如果是过滤，其意义更为重大，雾与黑夜都可以起到过滤的作用，过滤罪恶、过滤丑恶、过滤伤痛、过滤哀愁。一个人的恐惧与不幸往往不愿意在阳光下大白于天下，而愿意交给雾与黑夜，在漫无边际的虚妄与揣度中完成救赎。

一个中午，我都被大雾包围，困顿在这座雾城，几度挣扎着想走脱出去，然而一直迈不出脚步。眷念着这一场可遇不可求的雾吗？希冀透过浓雾看清一些景物吗？那群快乐的鸟飞去了哪里？它们找到最后的归宿了吗？每一只鸟都有自己的故乡，每一条鱼都有自己的河流。那么，我会是哪一只鸟？我会是哪一条鱼呢？我抓了一把雾捏在手里，我想粉碎它，粉碎它的妄想，不甘心被它莫名其妙地折磨了一个中午。这样的时候，我不知道该向谁来诉说昨日的风云变幻？过些天，总有一场大雨降临吧？冬雪也转瞬将至，叹息，叹息，叹息，叹息时光如水，光阴似箭。如果我此刻能够追上那群鸟儿，随它们南来北往地在天空铺路，等到大雾消散时，我会看到什么样的景色呢？

我们在等春天，等待春天擦亮一块天窗。芝麻会开花，竹子也会开花。

自言自语

从夏入秋，天气明显有些变化，最近连着下雨，一场接一场。道路湿漉漉的，林中小径铺了些暗绿色青苔，还散落着几片残红。近旁的池塘，荷叶蔫蔫的，有点季节性的浅淡忧伤。每一年到了这时候，都像是复制了上一年的景象，情不自禁会感叹一句“寒山转苍翠，秋水日潺湲”。

黄昏，一场新雨渐渐消停，暮色在灯光中开始明亮，归巢的鸟儿在枝头颤动着，叽叽喳喳的喧闹声传递着无限的快乐。站在树下，抬头看它们在树丛中若隐若现，很是羡慕那一份无忧无虑，想说点什么，却是无语，好半天回过神来，不觉笑一声自己的痴了。

风有些湿润。慢慢地，秋意会侵袭人的身体，提前做好防寒准备是很有必要的。想起十几岁时，对于季节的变化没有过多的反应，冷也好热也罢，来了就来了，去了就去了，全不像现在这样敏感。

秋季是一年中的一个章节，章节其实只是一个框架，框架里可以陈放许多事物。我站在秋风的影子里，触摸着被秋风熏染出来的景色，瞬间有了一种安静、安然的感觉。我喜欢秋天，爱恋秋天，我相信有无数的人为秋天倾倒过也感叹过。虽然都是些落套的俗话，但感受却是真真切切的。

天渐渐黑下来，适才的安然掠过一阵不安，看到灯光下的影影绰绰，恐是害怕遇上魅影吧？还早着呢，不至于的。壮壮胆，继续朝前走。一个人常走黑夜，会练出自己的胆量，也会经受得起黑夜的重压。不必害怕黑夜，黑夜让你睁大双眼学会辨识各种事物。

走着走着，还是想说点什么，对谁说呢？对自己吧，所谓的自言自语。就像戏剧戏曲里的独白，在空无一人的地方，将自己内心的感受，或者纠结、痛苦、忧伤，轻轻地说出来。自己是演员，又是观众。莎士比亚笔下的忧郁王子哈姆雷特不是很喜欢独白吗？那句最经典的台词“生存，还是死亡？这是一个值得考虑的问题”早就震撼人心了。由此可见，人处在内心挣扎时，很希望与人聊聊，如若实在没有听众，那就只好自己对自己说话了。

我不停地说话，自己对自己说。有时候，一个人总在扮演着不同的角色，以不同的语气说话。人的一生常常会面临各种选择，就像眼前有无数条路，而你不知道各自的终点会是怎么样的情形，于是会茫然不知所措。矛盾、纠结、不安、焦虑、挣扎……

刚才我到底说了些什么呢？是黑夜里形形色色的故事吗？猫与鼠的格斗、猫与猫的对峙……记不得了，瞬间已淡忘。那么，秋风一定听见了？就让秋风听了去吧。此刻，夜色浓得墨染一般，我也该转身回家去了。

坐在桌前，看着灯火明灭的窗外，心有所悟。突然想起鲁迅写过一篇短小的散文《自言自语》，是一个夏夜，他娓娓说起一个陶老头子，一大把年纪，从未进过城，因此没什么见识，孤陋寡闻的，说话颠三倒四，别人问七他答八，乡邻个个都不愿理睬他，也不愿意同他说话。在不得已的情况下，他只好天天枯坐，自己对自己说话。

然而，陶老头子说的那些话对于鲁迅来说，却是珍宝，他一一记录下来。“夜深了，乘凉的都散了。我回家点上灯，还不想睡，便将听得的话写了下来，再看一回，却又毫无意思了。”记下来的是些什么呢？有《火的冰》《古城》《螃蟹》等。这些都是精短的故事，是陶老头自言自语说出来的，还是鲁迅先生经过加工而成的呢？不得而知。

原来，一个人自言自语也是可以出精品的。孤独并非坏事，孤独时天马行空，思绪万千，生命中的种种体验、感触、感悟、思考等，都可以在自己的内心完成。内心是个广袤的世界，比宇宙还要大的世界，可谓佛家中的大千世界，如果自己与自己过不去的话，犹如一场洪水猛兽般的战争，将自己打得焦头烂额。如此，会让自己更加难过，不如像陶老头子那样，学会孤独，耐住寂寞，自言自语，说一点自己的所见，说得差不多的时候，关灯睡觉吧。

寻找失踪的自己

时间在不知不觉中推移，岁月水一般流逝，山河依旧，青春不再。不明白怎么会有那么一天，独自徘徊在我的小楼上，突然感觉以前的自己不见了，像一只小甲壳虫，背负青天，爬啊爬啊，爬到一个安静的地方，时而躲在树荫里，时而躲在石头缝里，小心翼翼地偷窥着外面的世界，一有风吹草动，便惶惶然缩紧身子，以遮挡八面来风。

人世间的生存到底是一种怎样的状况？或者说应该是一种怎样的状况？小甲壳虫能明白吗？我能明白吗？仅仅是一种感觉？抑或一种想象？

这些年，我不知道自己去了哪里？过去的那个自己呢？该去哪里才可以找回来？孩提时代，喜欢跟着母亲去乡间、去河畔、去走街串巷；青葱岁月，喜欢与闺蜜在黄昏一起散步，喜欢斜躺在沙发上，说一些似懂非懂的隐秘话题；大学校园，喜欢吟诗诵词，喜欢挥毫泼墨，喜欢笔底生风。

如今，这一切似乎不复存在，身处喧闹嘈杂的世界，心却躲在清冷寂寥的一隅。

那些曾经的纯真，欢乐、珍贵的亲情，难道不复存在？看不见了，找不到了，遗失了，飘散了。所有的宁静与安谧都遭到破坏，这不能不说是一种悲哀，是一个人的悲哀，是时代的悲哀，是整个人类的悲哀。

忽然很想跟自己说声对不起，“对不起，我已经回不到从前的那个我了，再也回不去了”。生活其实也很简单，喜欢的就争取，得到的就珍惜，失去的就忘记。别为小小的委屈难过，人生在世，注定要承受许多委屈。就像一棵树，哪怕是一棵高大的树，风雨来临时，免不了会摧眉折腰一番，那就只好等待，等待云开日出的那一天早早到来。

如果有来生，要争取做一棵树，站成永恒，不问得失，亦无悲欢。一半在土里安详，一半在风里飞扬；一半散入阴凉，一半沐浴阳光。沉默，骄傲，不依靠，不寻找。

内心安宁才是真正的安宁，如此，更干净，更纯粹，更接近灵魂。真正的安宁不是避开车马喧嚣，而是在心中修篱种菊。

细数人生的过往，都是一部属于自己不朽的传奇，伸出柔弱的双手，融一片霞光，握一缕清风，挽一丝馨香，把它们织成生命的小花，绚烂多姿，优雅灿然。

未来是什么呢？还有未来吗？是否还在期待着某种未来？未来的模式是什么呢？越来越不明白我们究竟想要什么？我想，一个人只要还有一口气，总是会有期待的，期待是一辈子的事。

躲在一个人的书房，唱一首自己作词谱曲的歌，歌名叫《别离时刻》。别离的是什么呢？是人？是物？是往事？是时光？

这世界其实还是按照其自身的轨道行进，任何人也无法左右它。失落的不是它，而是我们自己。人就是这样，身边小小的不快很容易左右情绪，而人的一生，又怎么可能事事如意呢？从辩证的观点来看，好的和不好的、如意与失意的、成功与失败的，总是以百分之五十的比率出现。故世人有十有八九不如意之说。

如何看待社会，如何看待自己，这是门学问。白岩松在《痛并快乐着》一书中有一段描述，“走到生命的哪一个阶段，都该喜欢那一段时光，完成那一阶段该完成的职责，顺生而行，不沉迷过去，不狂热地期待着未来，生命这样就好。不管正经历着怎样的挣扎与挑战，或许我们都只有一个选择：虽然痛苦，却依然要快乐，并相信未来”。没事找来翻一翻，也许多少会明白些什么吧?

另一种安静

清晨，带着昨夜梦里的疼痛，慢慢睁开惺忪的眼睛。一束淡白的光线透过乳白色的窗纱落在窗前。遏制不住内心的喜悦和冲动，披衣，起身，推窗，远近交错的高楼倔强地耸立着，最高处直指云端；眼前，草地葱绿沉郁，繁茂葳蕤。万物沐浴着朝阳，看起来整个世界绽开得犹如一朵令人赏心悦目的花。

时令已接近深秋，阳台上本来灿烂的花容早已憔悴，只留待菊花如何在霜降时展现她的风姿。我的窗外是一片水杉与樟木间杂生长的树林，早起的各色鸟儿飞来飞去，发出活泼欢快的叫声，无疑这里成了它们的天堂。城市里能够听到鸟声很是稀罕，记得诗人远人曾写过一篇《城市里的鸟鸣》，开篇就提到自己身居闹市，不喜欢高楼、霓虹和公路，除了必要的应酬，下班后喜欢窝在家里，“因为家中总是安静的，不会有什么不喜欢的事物来打扰”。然而，鸟的声音对于远人来说又是那样亲切、优雅：“我忽然感到我听见的其实不是鸟鸣，而是大自然在对我发出它的声音。它既不是召唤，也不是倾诉，它只是发出它的声音。”也许无论是谁，听到这样纯净的声音，心都会渐渐地归于安静。

心若安静，便是读书的最好时候。一本考琳·麦卡洛的《荆棘鸟》安然地摆在桌上。我翻开透着墨香味的书页，仿佛看到窗外的鸟儿落在我的面前，难道它就是传说中的那只鸟吗？我不由得吟诵起那首令人为之一颤的诗歌来：

它把
自己的身体
扎进
最长、最尖的
棘刺上
在那
荒蛮的枝条之间
放开了歌喉

无疑，考琳·麦卡洛的这只鸟儿虽然一生只唱一次，而这歌声比世上所有一切生灵的歌声都更加优美动听，震撼着人类的灵魂。只是——颇有一种牺牲和无畏的悲壮，带上了浓郁的理想主义和浪漫主义色彩。

喟叹之余，情不能已，好不容易才回归到属于自己的安静，目光渐渐从书页转至窗外葱郁的树林。我目前居住的这个大院，若干年来都十分注重绿化，每一片区域都有参天大树，葱翠欲滴的绿色往往在你不经意间破窗而入，让你挡都挡不住。早些年曾经因为某种需要，到外地工作和生活了一段时间，成日在层层叠叠的灰色高楼中匆匆穿行，绿色从视线中悄然隐退，更难听到婉转的鸟声。回忆起趴在窗口看雨，看云，看树，看鸟的日子，疑心是自己鬼迷心窍，一不留神竟然把自己的天堂扔掉了——鸟儿需要天堂，人类同样需要，于是，迫不及待地做好打道回府的准备。还好，尽管颇费周折，到底遂了心愿，回到自己现在的住地，从此与自然和心灵又接近了许多。

光阴如白驹过隙。法国诗人布瓦洛有一句关于时间的诗很精妙："时间流逝于一切离我远去之际。"著名的阿根廷文豪博尔赫斯也有一句同样美妙的话："所有的人都睡着了，只有时间之河在悄悄地流着，流过田野，流过屋顶，流过空间和所有星辰。"掐指一算，又是好些年过去。当年的新居颇有老屋的感觉，我一直嫌书房不够大，希望哪天拥有一座"广厦"，狠狠心终于买下一座复式楼，且悉心为我的新书房构想一个雅致的名字。如今，这旧院里的人早就陆续迁居那边，留下的恐怕只有两成了。很多人问："怎么还不搬过去呢？"我常常无以应，似乎找不出更多的理由，内心在新旧之间不断纠结。自以为一向是个念旧的人，住久了的地方，就像是一个相交多年的老朋友，甚至是自己的亲人，说走就走吗？感情上总有几多不舍，于是一拖再拖，到现在还顾不上去装修。不急，真的不急。谁人能知我终究是舍不得这里的阳光、树林和鸟声呢？

我想，如果一件事情找不到理由存在，也许存在的本身就是最充分的理由了。此时，你把茗临风，倚窗远眺，但见轻烟一缕，仿在云际，近前绿树，蔼然可亲。又闻枝头鸟儿轻啼，免不了让人有物我皆忘之慨了。

自己的世界

最近一段时间来，我们这里连续下雨，还常常夹杂着电闪雷鸣。在细细密密的云屏雨幕中，我听到岁月的声音在搅动一只咖啡的杯子，有一些甜味，也有一些苦味。放眼满天的阴云，喟叹流年似水，春光不再，颇有点像一个人郁结的心事。人心有时候真如风卷残云，散落一地的碎片，无从收拾；又如一只许久未曾清理的抽屉，杂乱无章。

阴晦多日的天气，今天总算放晴了，沉郁的心也快乐无比地在旋律中激荡。傍晚时分，独自沿着小河畔的柳荫路朝前走去，身前身后总会邂逅一些踽踽独行者。看他们的脸上或落寞或安然的表情，突然想起曾经讪笑过一位师兄，问他为什么特喜欢做“一个孤独的散步者”？甚至不怀好意地戏谑他说：“恐怕你是吃不到葡萄就说葡萄是酸的吧？”事后想来，人在这滚滚红尘，大都于夹缝里求生存，试问又有几人能够真正吃到上好的葡萄呢？于是乎只能够冷也好热也好活着就好，到头来不过是欲说还休，欲说还休，罢了。

夏季的傍晚终归还是热闹的，夕阳巡行在天空、山头、河流和田野，岸边的通衢大道从不寂寞，南来北往的车辆呼啸而过，四周还隐隐听到一些虫鸣鸟叫的声音。

这个世界就是如此，从来都不会寂寞，寂寞的只有人心。大凡人在一生中处于低谷的时候最容易寂寞，而谁又可以保证自己能够一路顺风呢？人的一生总会在成功和失败、快乐和痛苦中沉浮。就拿我自己来说，曾经有一年似乎时运不济，诸事不顺，正在惆怅中，恰好有一个机会去武汉出差，等到工作结束，我们一行五人结伴到归元寺一游。这寺里有一个颇带娱乐性质的项目——数罗汉，我们在寺中师傅的引导下，随意选一尊罗汉开始起步，一直数到自己的岁数为止。我正好停在137号罗汉面前，带着这个数字到一边去查签，只见精美的签卡上面有四句话："人间世态有炎凉，浮沉荣辱事寻常。福慧双修先布施，东山再起指日望。"刹那间心怦然一动，莫非菩萨也知我心？此四句无一不是我目前的境况啊。再看看其余四人，他们的签也正与各自情形相符合，几个人之间的签没一个能够互换的。大家都叹道冥冥之中老天爷还真在查访人间呢，竟然把每个人的情况都把握得如此准确。

在接下来的日子里，我的所遇果然应验了签上的那四句——原来看似搁浅的事竟然又峰回路转、柳暗花明了。这时候想到了西方一条富有哲理的谚语："上帝把一扇门关了，却打开了另一扇窗。"生活中的事莫不如此，命运有时候充满了玄奥。记得有一年我要去外地开会，因买不到快艇票差一点赶不到会期。就在我焦急万分、快艇即将起航时，刚好来了个退票的。我上船坐定之后，很快安定了心绪闭目养神。此时女播音员清脆的声音响起来："亲爱的朋友们，我们来个幸运号168抽奖游戏，先请一位朋友上来帮助抽奖。"我睁眼看了看，又无动于衷地合眼想自己的事了。播音员随即宣布了中奖号码，只听到周围一片稀里哗啦的声音。我依然无所动，心想难道这唯一的一个幸运号恰好是我的吗？我怎么会有那么好的运气？今天能够赶上趟就算不错了。我身旁的一位先生把那号码念了一遍，说："我只差一点点，可惜，可惜！"我心里一动：只差一点点？莫非是我吗？忙睁开眼睛把自己的船票翻开，啊，还真是我中奖了呢！虽然奖品只有区区168元，但不知道怎么回事，自从那一日之后，我的很多事情都一直很顺利。难道真是命运之神对我的眷顾吗？

这个看得见摸得着的世界有时候是会把你逼仄到一个死角的，让你不能够动弹也不能够突围，你的精神和心志往往会严重受挫，有一些必然，也有一些偶然。如是，又有多少人真正能够处乱不惊、云卷云舒呢？我想，只有那些从根本上看破红尘、有大智慧者方能够从容淡定地于禅境里"虑淡物自轻，意惬理勿为"，得也好，失也罢；爱也好，恨也罢，总归都是自己的一方世界，天晴与下雨，你自己去掌控吧！

近几年来一直在潜心研习现代诗歌的写作，接触了大量有关诗歌创作的理论性书籍和文章，比较关注一些成功诗人的创作谈。昨晚读书时看到有人评价北岛的诗歌有一种"冷抒情"方式，即出奇的冷静和深刻的思辨性，他在冷静的观察中，发现了"那从蝇眼中分裂的世界"如何造成人的价值的全面崩溃、人性的扭曲和异化。他想通过自己的作品建立一个自己的世界。那么，他究竟想为自己建立什么样的世界呢？是在现实的此岸还是彼岸呢？

每个人对世界的看法不会一样，世界在每个人的眼里也不一样。尽管客体对每一个主体来说都是相同的，但由于主体各方面因素的差异，于是客体也就发生了本质的变化。如果说北岛的"世界"无可捉摸，无从理解，那么，我们可以再来读一段周国平先生的《安静》，按周先生的理解和诠释，认为"诗人并不生活在声色犬马的现实世界里，他在这个世界里是一个异乡人和梦游者，他真正的生活场所是他的内心世界……"如此看来，大凡诗人的内心与现实总是有一定的距离，这种情形类似于世界三大表演体系之一的布莱希特"离间效果"的理论：你是你，我是我；你是一个角色，我则是演员；你是现实的，而我是理想的。这样看来，北岛无非是想“通过作品建立一个自己的世界，这是一个真诚而独特的世界，正义和人格的世界”。我们不由要发出疑问：要想在现实的土壤上建构一个自己心目中的理想世界，谈何容易啊！你得有多大的耐力和韧性才可以抵挡住来自现实生活的种种诱惑和烦恼，然后天马行空地漫步于你内心的绿色原野。

我们的生命有可能在现实中一点点被剥蚀，不见鲜血，但见疤痕。理想的彼岸总是光芒万丈，通常来说是很难抵达的，甚至永远地在水一方；理想的实现往往要通过幻想和虚拟，借助诗歌艺术便是理想的非现实的体现。而人最容易感伤和痛苦，倘若有一天能够在自己的世界里懂得“出离”的真正含义，我想心里自然会绽放出花开般的前景。

鸟 缘

昨晚梦中见到它又出现在我面前，在我经常走过的那条小路上，倏忽地那小小的黑影就蹦到了我的手上。我真不知道这是梦，只是感到当时心中一阵狂喜——你可曾有过失而复得的体验？那样意外的收获你难道不会怦然心动吗？恍然梦醒时，看看空白的天花板，才知道它真的已经离我而去了。

以为这只小鸟是因为缘分才来我家的。十来天前受了伤的它蜷缩在我楼下的杂屋门前，我怜爱地捧着它回到家里。开始担心它会飞走，小心翼翼地用一个网状的盖子将它罩住，丢了些米饭、菜叶在里面。那小鸟恐怕只有鸭蛋大小，全身乌黑，有点像八哥，几乎站不起来，尾巴尚未长出，一只翅膀也似乎收不起来地往下掉，整个的憔悴模样，那滴溜溜的小眼睛看着我，怯怯的，显得有几分害怕。

观察了它半天，才知道它根本就不吃我们给它的食物，我着急它如果不吃就会饿死的啊，极有耐心地将肉切成面条般一丝一丝的，试着用牙签挑着喂它，这下它可来兴趣了，吃得很有兴趣。只要它如此张口吃就是好事，接连几天我都这样去喂它，而且还注意搭配好营养结构，除了喂肉丝，还给它喂鸡蛋、西红柿、香蕉、米饭，可它最喜欢吃的就是肉。每次在喂它时，我总是“狡猾”地把肉放在最后。

几天之后，小鸟长得滋润起来，羽毛变光滑了，并且长出了小尾巴。我们开始不关它了，让它在房子里自由地走来走去。它开始不能扇起翅膀飞，几天后便可以低低地飞到沙发上了，任由我们随意地抚摸它。最有意思的是它饿了我去给它喂食时，它就像个想吃奶的孩子，把我当成了它的鸟妈妈，使劲地叫着撒娇，并扇起小翅膀，张开小嘴巴，歪着脑袋等着食物进到它的口中。我喜欢看它那娇憨可爱的样子，每当这时，就有一种十分惬怀和满足的感觉。

最难忘的是，那晚我正在书房里伏案，不想它悄悄地从客厅蹦蹦地进来了，先是跳到书桌旁的椅子上，后来竟然跳到我坐的椅子上，就这样在我的头边静静地陪着我。害得我几乎不能专心致志地做事，时不时地要回过头来摸一摸它。

可是我最终犯了错误，这错误已经折磨了我好些天了。那天出太阳的时候，就放它到窗外的花台上晒太阳，它竟也不动，看着窗前那片树林愣愣地发傻，听着那些鸟们发出各种悦耳的声音它也没有太多的反应。就这么几分钟，又把它收回来。每天我就这样放它几次，可偏偏那天中午放它在那，以为也没什么，一累倒头就睡，等我醒过来去看它时，已经没有它的影了。

飞了？飞到哪里去了？我急急下楼，四处寻找，水沟里、花丛里、树梢上，全不见了它小小的影子，我几乎急得要哭出声来了。然而，它就是这样和我不商量地不辞而别。

后来我几乎要变成祥林嫂了。好些天就这样呆呆地站在窗前，傻傻地看着眼前那片树林，自己一个人不停地念念叨叨：我怎么知道它就会飞走呢？我以为它还飞不了的啊？其实，我最初也是想等它养好了伤，能够自食其力了就放它回归自然的，尽管我是那样地舍不得，但毕竟不能久久地将它囿于我的围城之中。可现在它还不能够自己觅食啊，我又怎么能够放得下心呢?

可爱的，你去了哪里？我在想你，你还能在哪一天回到我的家中来吗?

第四辑　远足漫记

西湖遇雨

我一直想写，唯恐时间一久把我记忆中那点美好的印象冲淡了，以至于完全忘却——人是很容易忘事的，很多时候昨天的事没准儿今天就给忘了。然我在琐务纷繁的境况中一直没能够静下心来，慢慢梳理一下自己的心情，于是这篇文字也几近搁浅。现在我偷闲一个人端坐在这，回味一下当年西湖遇雨的情景，那一幅生动的画面即刻清晰地跳进我记忆的视线，进入我的眼帘。

那年到上海开会，会议期间会务组安排我们到杭州参观考察。游杭州必定要游西湖，而西湖又是一个多么令我向往的地方啊！我和一位老乡周姐结伴而行。平湖秋月、西泠印社；三潭印月、花港观鱼；苏堤翠柳，断桥残迹……西湖啊，在你的怀抱里我的心都醉了！难怪那位多情的苏小妹在此能吟咏出那么美丽的诗句来，从而演绎出一段千古佳话。

七月的西湖天朗气清，山明水秀，我们庆幸拾到了一个好天气。来自各地的游人熙熙攘攘，接踵而至。好不容易我们才租到一条小游船。摇橹的船娘看上去大约四十出头，上穿浅色碎花短袖衣，下着深蓝色裤子，戴一顶遮阳斗笠。岁月的风霜在她的脸上刻下了一些难以磨灭的印记，但依然掩不住她曾经的俏丽姿色，是一位让你见着放心的面善女人。和我们同船共渡的两位游客，年纪大的约莫五十上下，黑黝黝的脸，傻傻地“嘿嘿”笑一笑；年纪小点的二十出头，一个清俊阳光的大男孩。聊了几句，便知也是我们湖南老乡，彼此又多了几分亲切感。我和周姐心情不仅放松，而且十分愉快。伴着湖面掠过的徐徐微风，我们的船开始往湖中心漾过去了。

常闻说“上有天堂，下有苏杭”，亲历此间，感觉一点儿不错。远望湖边的亭台楼阁，翠柳霞烟，真正是“船在水中游，人在画中走”。好风景引出好心情，好心情下自然又有好风景。一时记起了明代文人张岱《陶庵梦忆》里《西湖七月半》的句子来，“杭人游湖，巳出酉归，避月如仇”，我便痴痴地想：难道这西湖的月亮不好看么？怪哉！怪哉！

香气怡人，游兴甚惬。正这样陶醉于西湖的美景中时，忽觉太阳竟沉下脸来，天边渐渐地翻卷起了淡淡的乌云。我看看船娘，她却一边摇橹一边看天，表情沉静，动作平稳。我忍不住问她一句：“会下雨吗？”她又看了下天，轻声低语：“也许会有吧？不过，没关系的，小雨啊。”我想她是见惯了西湖风风雨雨的人，未必心中没有底吗？既然这样说了，那我们尽可放心了。我和周姐又继续聊我们的话题。

太阳又出来了，我们的心情也开朗起来。然而始料未及的是，就在这时候，天顿时暗下来，铜钱大的雨点一大把一大把地摔下来，湖面上鱼鳞点点，紧接着就是倾盆大雨，刚刚还很温柔的风在大雨中也开始肆虐了，小船正好划到了湖中心，船身在风中左右摇摆晃动。船娘使出浑身的劲拼命地摇啊摇，眼见着她的动作越来越小，越来越慢，而船晃动偏斜得更为厉害。我和周姐一急，对那两个男人说：“快，快，你们去帮她一把！我们来为你们挡雨！”大男孩率先起身：“让我来！”他快步跨过去与船娘一起把舵，船似乎平稳了一点点。

旁边驶过一艘机动游艇，我们便大声呼救起来。但那游艇无视我们的存在，“嗖”的一声擦身而过，气得我们一脸铁青。小船仍在千里风波的湖面上摇摇晃晃地行进，什么时候能靠岸啊？还能不能靠岸呢？也许，万一……有不测呢？我们的遮阳伞还在撑着，其实身上已经淋了个透湿。但我仍然走上前去，为那大男孩撑着伞，掏出纸巾为他不断地擦着，不知是雨水还是汗水。当时没有任何羞涩感了，只在心里默默祈祷：让我们共同渡过难关吧！

老天爷被我们的诚意感染了，总算动了恻隐之心，雨，渐渐小了；风，开始停了；太阳，开始回来了，我们那经历风雨考验的小船终于靠岸了。五个人面面相觑，哈，全成了落汤鸡！不过，在阳光的照耀下，大家脸上挂着的汗珠和雨珠正在熠熠闪光呢。

海南看海

去海南看大海似乎是我心里久远的一个梦想。海南，是中国南方的一颗明珠，但在地域上长期偏于一隅，色彩黯淡，且在古代一直成为流放官员的“西伯利亚”，现今海口的“五公祠”就足以证明这一点。据载凡被发配来此地的，生还回原籍的微乎其微。这样的传说让海南带上了一种神秘的传奇色彩。改革开放以后，海南与时俱进地很快发展成为在全国有影响力的经济特区，一时间商贾云集，高楼竞起，灯红酒绿，歌舞彻夜，若干年里不计其数的人从天南地北涌向海南，似乎海南的黄金俯拾即是，这样的巨变形势自然又让海南带上了一种新的传奇色彩。

前些日子正好偷闲去了一趟海南，也算是了结我一桩心愿。在这个最南边的极地，你丝毫想象不到北国是怎么样的天寒地冻、白雪皑皑！太阳温暖地照着，和风温馨地吹着，紫花碧叶相掩成趣，蓝天白云相为印衬，海岸边是一长溜的椰子树，齐齐整整地站立着，长缨般的树叶在风中摩挲不断地发出“沙沙沙”的声音，似乎在欢迎着每一位来客嘉宾，此时，你不由得慨然而叹：多美的海南啊！

那是一个清风沉醉的下午，我们来到了三亚的海边。三亚的海毕竟是真正的大海，一望无际，天水共色，浩瀚渺然，波澜壮阔。阳光正映照在波光粼粼的海面，泛出跳跃闪烁的耀眼红光，为神秘而静谧的大海增加了许多色彩和活力。

我们在导游的安排下，急不可待地乘坐快艇冲浪去远观了天涯海角，啊，心目中那个想象了无数遍的“天涯海角”难道只是矗立于沙滩上的几块大石头吗？就是它们，如今已经成了人们心目中遥远天际的象征，到海南来的旅客，没有不来此地寻访的，似乎不领略一番它的别致和体味一下天边极地的感觉，会枉虚此行。情人之间动辄喜欢说上一句：纵然你去海角天涯，我也要去找到你！如此深情，只有到了这里才品尝到了真正的滋味。

从天涯海角回来之后，本来还想去海底一游的，却被海边的美景所诱惑，又嫌换那种特别的潜水衣服太麻烦，只好悠闲地坐在沙滩上欣赏起海岸的绝美风景了。

海浪一排一排地翻卷着涌上沙滩，游人兴致不减，有一位年轻母亲带着年幼的孩子在水中冲浪，母子俩笑成一堆，嬉戏得那么开心！我既为他们乐着，也为他们担心，唯恐一个大浪猛地冲来会不会卷走了他们？但每次浪潮卷来的时候，那位年轻的母亲总是及时拉着孩子嘻嘻哈哈地飞跑着上岸，看来我是有点瞎操心了。也许母亲对孩子的爱，能够在最关键的时候达到一种与自然的默契。

海浪蓄积着力量，猛烈地冲向挺立于海面的那块礁石，“啪”的一声巨响之后，便飞花溅玉地散开了。它似乎永不甘心，永不失望，继续蓄积力量向礁石冲击，一次又一次地冲击，一次又一次地碎开……

海面的礁石由大小不一的几大块组成，它们笔直地挺立着肩并肩地站成一排，暗绿色含混不清、界限不明地形成一种铁壁铜墙的伟岸姿态。任凭你浪潮无情地摔打过来，一次又一次，一浪又一浪，它们永远是那样坚固，永远是那样伟岸，永远是那样坚持，永远是那样顽强。

记得当时我就是这样没心没肺地看着眼前的这一切，痴痴地在想，海浪有海浪的坚持和勇敢，礁石有礁石的顽强和伟岸，是海浪厉害还是礁石厉害？在这样的对峙下，让人感觉世界上很多种情况下其实没有绝对的优势。我不知道我愿意做海浪呢还是做礁石？也许我是海浪？抑或我是礁石？也许我做不了海浪？抑或我也做不成礁石？海浪和礁石的力度和强度应该是男人的秉性，我只是一个女人，女人也会有这样的忍性和耐力吗？女人也会有大海的胸怀和见识吗？思虑到此，又觉得惭愧起来，惭愧的同时，还是希望自己能够从中得到某种启示：人是需要一种精神和境界的，你虽然只是一滴水，但当你融入了大海之后，你会变得博大和顽强的，你不会再惧怕什么，你也不会去在乎什么，难怪百川最终要回归大海，其实也代表人类的一种愿望和向往，人和自然的思想和感念原来可以融合得如此天然一体。

海风在温柔地吹拂着，海潮也极有韵致、极有节奏地一层层翻卷上岸。此时已经接近黄昏，太阳已经差不多要沉进海里了，天边泛出了一弯浅月。我突然心头一亮，女人也许更接近夜色的海，潮水退了，海岸静了，月色温柔，风儿温馨，这样的时候很容易生出许多梦想，继而又心头一热，油然升起一股莫可名状的勇气，而且不可抑制地激动起来，我知道自己今天已经完全融入大海里面去了。

在回转的路上，我不由得轻松地哼起了一首熟悉的歌曲：海风你轻轻地吹，海浪你静静地摇……

一江烟水照晴岚

人与自然的关系总是那样亲近，一个人若在房子里待久了总会感到厌倦和烦闷，于是时常喜欢去户外走走。秋天尽管过来一段日子了，却尚未到寒霜如刀的时候，这样的季节最适合徜徉于山水，希冀找回自己在尘嚣里失落的心灵。

南方的景色到底清爽宜人，如诗如画的山水渗透了多少旅人的倾诉，化解了多少行者的苦恼。我曾经无数次来到大山里，抚摸着那里的一石一草，洞听着那里的一鸟一蝉，往往神驰梦飞、心扉洞开。山风洗尘，弹剑而歌，自然而然想起了李白笔下的天姥山奇景，不知道诗仙是如何盗得天公神笔，竟能那样淋漓尽致地为我们展现了一幅叹为观止的动人画面。

我曾经去过黄山和泰山，那巍峨和挺拔的群峰曾经让我激动不已，在山顶伫立多时之后眼前的一切便抽象成了我心里的阳刚和坚强，倘若不是山中一群惊起的鸟儿掠过，也许我还在迷恋着山鬼居住的地方；我曾经去过长江和黄河，记得那奔腾和壮阔的江流曾经让我感慨不已，站在船舷边极目远眺，只见天地茫茫、水天共色，置身其间，总觉得自己渺小的生命仅仅是滚滚波涛中的一滴水罢了，这样的体悟和感慨也只有置身其间才会产生。

最近因工作需要去了一趟郴州的东江，感谢老天又给了我一次寄情山水、吟啸山林的机会。东江名虽曰“江”，其实只是一个大水库而已，近些年渐渐成为游客喜欢光顾的地方，尤其漂流季节，更是应接不暇。我虽然在若干年里已经来过好几回了，但这一方水每次总让我心旷神怡、流连忘返。那天是个晴朗的日子，绿水边，青山侧，驻足于此，举目远眺，但见江枫枯萎了秀叶，堤柳瘦损了细腰，满眼云天，轻风画图，一种恬淡与从容自在其中，我寻觅和向往的境界莫不就是如此？

“一江烟水照晴岚，两岸人家接画檐”，古人这样的诗句此时用在东江景物的描写上是最合适不过的了，你看，映入我们眼帘的是横亘于面前的东江以及晴日山林中雾气在清澈碧净的江水中的倒影，江之阔、水之净，虽然时令已在深秋，却并不见丝毫萧瑟和冷寂，相反还在淡然的秋光中现出了盎然生机。站在江边做出一个怡然的表情和姿态，然后请同伴按下快门，永远地定格下了我这时候的一份快乐和激情。

为什么久在屋子里总有头脑呆滞、思维僵硬的感觉呢？是水泥堆窒息了人的呼吸吗？是“鸟笼子”般的居室禁锢了人的思想吗？为什么我们一来到山水之间，就会变得富有活力和灵气了呢？难道是山的深沉启发我们思考，是水的灵性给予我们感悟吗？东江的山水啊，我无法写尽你的神韵，我只知道对于我这个极其爱山爱水的人来说，在短短的时间里领略到了你的风采和蕴藉，哪怕我以后再没机会来此，但我知道，你是我心目中永恒的东江！这一刻我似乎突然明白，原来世界上有很多东西是永恒的，天永恒，地永恒；山永恒，水永恒；人永恒，情永恒；风永恒，雨永恒……

岁月不断地流逝，有如眼前的东江，日子过得有点晦涩，需要寻觅点养眼养心的色彩，东江之游，虽然短暂，但至少可以让我亢奋一段时间，人怎么就这样怪怪的呢？心到了秋天总长不了树木，淌不进流水，那就让东江的一江烟水常住在我的心里吧！

宝墨园观鱼

上星期去广州一趟，特意选了一个云天清朗、微风拂面的日子去顺德宝墨园一游。那仿古的园林建筑十分令人赏心悦目，只见满目雕梁画栋、乱红醉柳、亭台楼阁、湖光山色，可谓处处精致，无一不景。加之一曲接一曲的古典名乐氤氲在整个园子里，真正让游人沉迷其中，乐而忘返了。

最让我难以忘怀的是在宝墨园里面的湖边观鱼所拾的乐趣。其实一进园门我就被湖边的一簇一簇人群所吸引了，到底是什么迷人的景观吸引着他们呢？我纳闷而好奇地赶快凑过去，哦，原来是游人在逗鱼取乐呢！我曾经到过西湖的“花港观鱼”，那一尾尾活泼娇小的红鱼立刻跳跃在我的脑子里，可是与这里肥硕亢奋、色彩斑斓的鱼一比又真是小巫见大巫了。我从来没见过这么多漂亮的鱼！形状各异，五颜六色，活泼乱跳，蔚为壮观！更让人忍俊不禁的是，那鱼儿们好像很有经验，纷纷涌到人多的地方来，张着阔嘴蹦跳着争抢游人撒下的鱼食，那憨憨傻傻的样子叫人看着煞是可爱！我想，这些鱼儿们应该是感到非常开心快乐吧？

这情景让我想起了《庄子·秋水》中有这么几句：“庄子与惠子游于濠梁之上。庄子曰：‘倏忽鱼出游从容，是鱼乐也。’惠子曰：‘子非鱼，安知鱼之乐？’庄子曰：‘子非我，安知我不知鱼之乐也？’”这是一段流传已久妙趣横生的佚话，庄子与惠子两个人的分歧到底在哪里已经不重要了，庄子是因为自己快乐才觉得鱼也快乐，鱼的快乐只不过是庄子的一个想象，“人自乐于陆，鱼自乐于水”，两者都很快乐以后，庄子的快乐也就难分你我了。我愿意做庄子眼里的一条鱼，因为鱼快乐庄子也就快乐了。

生活在我们眼下这样的时代和环境其实很多人都感到压力大、竞争激烈，我们需要担负的责任很多也很沉重，需要极大地付出才能够收获得到一定的期望值。所以，不少人感叹人生之路很不容易，就算有所成功也很难体验到什么快乐，更何况还有数量不少的人为生计而操心费力呢，他们的温饱问题尚未得到基本解决，你说快乐之源又在哪里呢？

不管情形如何，其实世界上很多事情都在乎我们怎么去看、怎么去想。早就有句古话说了，知足者常乐，人生一辈子不长也不短，最需要的是心境的快乐，大不了你可以把自己想象成一只能飞的鸟，想象成一条会游的鱼，鸟有鸟的快乐，鱼有鱼的快乐，你呢，也应该有你自己的快乐。如果你能够卸掉一切心理重负，试图在人生之途去发现快乐和寻找快乐，那么，很有可能你做了庄子眼中的鱼，而且还能够把自己的快乐送给他人，以快乐的情绪去影响周围的人。

我真心希望你能够做庄子眼中那条快乐的鱼。

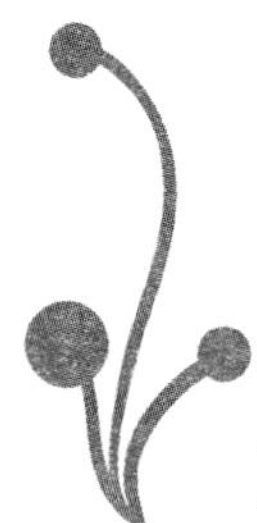

芦苇荡中的“沙家浜”

曾经多次涉足江南的山山水水，每一个地方都留下了我或深或浅的脚印，脑子里储存了每一个地方的感觉与印象。那么多的江南风韵风情，无不让人由衷地赞叹：江南美，江南风景胜天堂。

常熟是江苏省的一个县级市，我曾经两次踏进常熟的土地。第一次到常熟，来去匆匆，完成工作之后，于暮色沉沉的黄昏在虞山脚下晃了一圈，仅留下一个浅浅的脚印。当时有些恋恋不舍，一步三回头地回望着，不无遗憾地说，阳澄湖的大闸蟹尚未吃到，还想去看看有名的沙家浜呢，可惜，没时间了……

稍微年长一点的人对“沙家浜”几乎是无人不知、无人不晓，甚至谁都可以熟练地唱出几段来，我父亲最喜欢唱的那几句就很有诱惑力：“朝霞映在阳澄湖上，芦花放，稻谷香，岸柳成行……”未曾料到今年的四月，我又有一次机会来到常熟，且如愿以偿地到沙家浜一游。这个地方之所以令人神往，应该源于文学大师汪曾祺那出名剧《沙家浜》。曾几何时，里面的唱词是家喻户晓、人人皆知，大有“凡有水井处皆咏柳词”

之势。

会议结束后，东道主热心地组织与会人员浏览了常熟三个具地方特色的景点，第一站就是沙家浜。那天天气晴好，阳光普照，祥云舒卷，长桥短堤，柳絮飘飘，好一派江南风景图！

我们坐在观光旅游车上，沿着沙家浜的湖水徐行。就眼前来看，旧日的时光早就远离，不见些许印记，冲淡了我脑子里装着的那片无边无际的“芦苇荡”。有些景点恐怕是后来为适应经济建设需要才建的。我问车上那位年近七十、腹中颇有文墨的老导游，为什么这地方叫“沙家浜”？是本名还是艺术作品中虚构的名字？面目慈善的老导游不厌其烦地告诉我们说，这里的人都姓沙，湖区的人都以当地人姓氏称什么浜什么浜的，故而就叫“沙家浜”——原来如此。

当我们在一家茶楼门口看到许晴扮演的“阿庆嫂”巨幅照片站在门前提壶送水时，立刻想到了京剧《沙家浜》里几句经典唱词：“垒起七星灶，铜壶煮三江。摆开八仙桌，招待十六方。来的都是客，全凭嘴一张。相逢开口笑，过后不思量。人一走，茶就凉……”真是精彩至极！后来读到韩小蕙一篇《永远的汪曾祺》，说汪老这一段唱词是故意搞的一组数字游戏，他曾经说：“‘铜壶煮三江’是受到苏东坡诗词的启发；‘人一走，茶就凉’，也是数字概念，表示零。”由此可见汪老的睿智与机警，这话到今天还意味深长，别有一番情趣。

参观沙家浜陈列馆时，方才了解到抗战时期这里的革命斗争十分艰难，为了“祖国的好山河寸土不让，岂容日寇逞凶狂”，当地的群众与新四军伤病员鱼水情深，老百姓为了保护好伤病员不惜流血牺牲。记得一幅照片中有位出生高贵的美丽女子朱凡，被敌人严刑拷打，但她至死也不肯供出同志与战友。我久久地站在她的照片面前，端详着她清丽媚秀的面容，有若莲花般亭亭玉立的身姿，感慨万端，那时的共产党员才是由钢铁般特殊材料制成的，他们付出生命与鲜血换来的江山，今天的人应该好好珍惜才是。如何经年之后，很多东西就慢慢变味了呢？走笔至此，我突然汗颜了，本不想在文字中涉及过多……暂时打住吧——为朱凡所感动，不说不快。我在琢磨，为什么会有如上的文字？大概与我一向的英雄情结有关吧？从小就钦佩刘胡兰、赵一曼、江姐那样的女英雄，她们倘若不是怀抱一种崇高的信仰，如何心灵与肉体经得起双重的摧残？这些年轻而美丽的女性，在非人的折磨下，竟然能够大义凛然，宁死不屈，真是匪夷所思！今天在和平年代的我们，有时候一不留神被一根小刺儿扎了，也感觉疼痛难忍，相形之下，好不惭愧！

四月天气，气候温煦，是游览观景的最好季节。我们从陈列馆出来后，但见车来车往，人头攒动，我有些沉重的心情渐渐轻松了。虽然这里是个带有政治色彩的景区，但每天都要接纳一批批来自全国各地的旅客，应该说，曾经为这里付出过生命和鲜血的那些战士与群众，若是九泉有知，也许会欣慰地面露微笑：沙家浜经济发展了，人民生活富裕了，国家强大了……

暮色降临，该与沙家浜告辞了。在返回酒店的路上，我拨弄着手里的相机，翻看着刚才拍下的一张张照片，常熟的“沙家浜”，将会永远珍藏在我的“天南地北”之中。

梦行乔江

又一个秋冬交接的季节，从车窗里往外看，凝烟含翠，黄花灼眼。我们一行人在市诗词协会陈正坤会长的带领下，驱车来到距长沙市四十公里远的望城乔江镇。阳光温煦，惠风和畅。大伙儿刚跳下车，便迫不及待地走进能够容纳三万余人的活动平台，适逢这里刚刚结束一次隆重的外事活动，空气中还漂浮着喜庆的烟花味。触摸这里的一花一石，想象着当时热闹非凡的盛况。

我们沿着麻石路蜿蜒前行，左边是清波荡漾的柳林江，岸边林木扶疏、碧色如春；右边是鳞次栉比、高低参差的民房店铺，雕栏画栋、质朴古雅。犹如一幅轮廓清晰、五彩分明的水墨画，亦像一个似醉非醉、朦胧婉约的梦。走在三面环水的千年古镇，流连于清澈的柳林江边，绝少都市的浮躁与喧嚣，弥漫着浓郁的人文气息。在这里，所有为风景包装的现代童话开始启封，所有被历史遗忘的乌篷船均已启航。天地灵秀，诗意盎然；鱼跃水乡，梦绕檐廊。此时此刻，没有什么比眼前的景观更能打动人心的了，始料未及地邂逅到一个久违的梦乡。

陈会长是我的老领导，他说乔口是他心里的一方绿苑，不管身在何处，都是心心念念难以割舍，几十年来，他目睹了乔口由过去的矮墙陋舍、断垣残壁，一变而为今天的高楼新居、白墙绿瓦，亲眼见证着这里快速的发展与变化。一路过去，陈会长向我介绍了有关乔口的历史文化与自然风貌，他深情地环视着这里的每一棵树、每一只鸟，那种发自内心的关爱让我的心怦然一动，这个叫乔口的小镇能够让人如此魂牵梦萦，难道不是它自身充分展示的魅力吗？

紧随着引导者的脚步，我们很快来到了乔江书院，陈会长说这座书院的历史比岳麓书院还要悠久。里面回廊曲径、幽静雅洁，书画长卷、古风古韵，徘徊于宽敞的天井中，犹如听到了昔日学子们朗朗的读书声，清风明月，桂子飘香，歌词诗赋，灿然生辉。

与书院毗邻的是“三贤祠”，我久久站在巍然端立的塑像前，仿佛看到他们当年衣袂飘飘地徜徉于乔口，在青山绿水中呼吸，时而放怀，时而吟咏，时而研墨，时而挥毫，为这里留下了丰采而神奇的一笔。少陵的诗歌《入乔口》赫然在目：“漠漠旧京远，迟迟归路赊。残年傍水国，落日对春华。树密早蜂乱，江泥轻燕斜。贾生骨已朽，凄恻进长沙。”一代诗圣早已杳然远去，留给今人是无限的遐想，当年的乔口乃长沙门户，有“长沙十万户，乔口八千家”，然杜工部尚有“凄恻进长沙”之慨，犹见历史的色彩曾是那样的黯淡衰微、凋敝不堪。时光流逝，斗转星移。天上只一日，人间已千年。若是重邀杜工部来此一游，他又该作何感慨呢？

三贤祠里有这样一副楹联：

屈骚贾赋少陵诗，源远流长，人文一脉

越角吴头乔口镇，龙藏虎卧，灵秀千秋

真是惊羡这样热血涌动、浩气充溢的对联！却不知究竟出于谁人之手？正揣测时，陈会长携一位身材瘦弱、面容清癯的人在三贤祠内合影。经陈会长介绍，我才知道他就是这副楹联的作者胡静怡先生。将楹联写得如此磅礴大气，非一般人所能，我在胡先生的楹联中感受到了诗魂的留驻，感受到了一代诗圣的才情与胸怀。

市文联副主席谢胜文先生即兴作画赋诗，将这次活动推向高潮。他凝神遐想，起笔如风，墨彩蛇行，浓淡相宜。那首题写的诗歌充满生活的情趣：

问君何不来乔口？
户户人家笼翠柳。
水上芙蓉岸上人，
鲜鱼闸蟹斟烧酒。

在返回的路上，忽然听到从什么地方传来一曲古筝，若断若续，若远若近，宛如身边缓缓流淌的柳林江，清冽温润，优雅蕴藉。听着听着，心便漾着涟漪，一圈一圈荡开了去。这是一个不可复制的日子，这个日子让我许久以来的疲惫与倦怠得到了清洗。面对世间的种种喧嚣，无法释怀的种种尘念，此刻就像这梦一般的流水，澄净清柔，波澜不惊。

罗马的太阳

飞机抵达罗马时，已是万家灯火，据说罗马比北京时间要晚六个小时。在大巴车里，当地的导游赵亮向我们介绍起一些相关情况。我似听非听，看着窗外造型各异、高高低低的房屋在忽明忽暗的灯光中，鬼魅般纷纷向后退去。

次日拂晓，我被鸟儿的一声啼鸣惊醒，揉揉双眼，只见阳光透过薄纱窗帘柔和地落在床前。“我在罗马了！”这一感觉特别强烈，不由早早起床，外出散步。远山近黛，清旷疏朗。身处异国他乡的我，竟没有半点生疏和不适。站在阳光下，不由得想起了帕瓦罗蒂那首著名的歌曲《我的太阳》，他若是能站在绿色的草坪里放歌，或许这个清晨会更美好了。

早餐后，大家坐上旅游大巴，听赵亮介绍今天要去的景点。待他说完后，侯团长接过话筒，要求每个团友都作一个自我介绍。因巧玲担心晕车，故而我们坐在靠前的位子上。很快话筒就到了我手里。说点什么呢？考虑到团友很多，还是简单一点吧。我清清嗓子，说：“今天是个好日子，阳光灿烂，微风轻漾，在这个热情洋溢的日子里，你来了，我来了，我们都来了。我这次演讲的题目是‘京腔京韵自多情’，引用一位演讲家的话，‘演讲演说皆有缘’。是的，感谢缘分，让我们相识于中国梦赴欧演讲团，预祝我们的欧洲行是一次开心之行、友情之行、圆满之行、胜利之行！”说完我便心安理得地坐下来。

正与巧玲说着什么时，忽听侯团长说：“你这次是演讲中国京剧，那就为我们唱上一曲吧！”啊？我感到有点慌，想推脱却没有理由，上前接过麦克风，稍稍运气后便开唱了，是那首准备在演讲时唱的京剧《大唐贵妃》插曲《梨花颂》：“梨花开，春带雨，梨花落，春入泥……”刚一唱完，车厢里响起了热烈的掌声。后来，好几位团友赞我唱得不错，尤其是亚芬姐，几次让我教她唱，“你那嗓子真好听！”最难忘的是，中途休息时，大巴司机走到我面前，一边用手捏他自己的脖子，一边竖起大拇指夸我，开始我感到很突兀，不明白他什么意思，估计一脸愣愣的表情，后来有人帮我看懂了，说：“是夸你嗓子好、唱得好呢！”原来这样！

当天近中午时，我们到达第一个景点梵蒂冈。据资料介绍，梵蒂冈被称为意大利的国中之国、罗马城的城中之城，位于意大利首都罗马城西北边的高地上，虽然仅 0.44 平方公里、人口 756 人，是世界上面积最小、人口最少的国家，却拥有不可小觑的十亿信徒。梵蒂冈的公民主要为意大利人，多为神职人员，包括主教、神父与修女，以及著名的瑞士卫队。这样独特的一个国家，不禁让包括我在内的所有人充满新奇感。

在梵蒂冈宽阔的广场上，站满了前来游览的人，好在都排成有序的长队。清晨柔和的阳光这时已变得很炽烈了，微火般灼人。我今天一身旅游者装束，精美的小坤包没敢带，事先有团友提醒我，意大利有点乱——后来程博士的包被窃，足以证明这一点。

到欧洲来必定要了解西方的宗教及教堂。圣彼得堡大教堂是罗马基督教的中心教堂，为欧洲天主教徒的朝圣地及梵蒂冈罗马教皇的教廷。总面积2.3万平方米，主体建筑高45.4米，长约211米。进入大门时，要将身上的物件悉数掏出来，像进机场那样通过安检方可入内。我们几个结伴顺利进去后，顿时被扑面而来的金碧辉煌、富丽堂皇、典雅大气所震撼，不停地改变着角度与姿势拍照。你一路前行，那一幅幅油画、一尊尊雕塑，不由得你接受或不接受，反正浊浪排空般向你涌来，蛮横地进入你的视野，强烈地刺激你的感观。你笑也好乐也好，你嗔也好怨也好，这些是你自个儿的事，反正人家不管，人家要征服你的是艺术，是真正的艺术，是艺术的超强魅力。不然，你打那么老远跑来做什么呢？至此我才知道，有时候艺术也是这样很不讲道理的。比如，现在的你，接受得接受，不接受也得接受。想到这里，我不能不佩服起当年那些艺术家来。

从圣彼得堡大教堂出来后，我们接着去参观了古罗马斗兽场。阳光更厉害了，将眼前所有的存在都照亮了，而且将人逼仄得无处可逃，甚至到了我想咒骂它是毒太阳的地步。据说地中海的阳光底下，人都是没有影子的，难道影子真被烈日吞噬了吗？尽管赵亮在车上给我们介绍罗马一个接一个的王朝，一场接一场的战争，再然后是崛起的一个又一个的英雄。可是在这么多的名词中，我只看到了一个词："鲜血。"关于古罗马斗兽场，我早在一本书里见识过——《斯巴达克斯》，一本描写由角斗士成为起义英雄的书，在我还是一个豆蔻年华的小姑娘时就曾经读到过，我不明白我当初怎么会读这样一本硬汉的书？书里无数个血淋淋的场面，让那时的我几乎无法卒读，但为了那位我敬仰的铁血英雄，我硬是在一个赤日炎炎、残阳如血的夏天读完了它。当我合上这本书时，我在心里默默地对那位英雄斯巴达克斯说：再见了，我们从此作别天涯，我不忍再来掀开你的伤疤，也不忍再让我的心疼痛不已。后来我真的尘封了这本书。现在，我竟然来到了罗马，来到了斯巴达克斯曾经参与角斗的地方。虽然站在炽烈的阳光下，我表情平静地与团友们合影留念，可是谁能知道我的内心却是波涛汹涌。我实在不想惊动那些早已作古的角斗士，包括那些大无畏的斗兽。生命都是有尊严的，生命是需要敬畏的，尽管，罗马的太阳再也照不见他们，他们或许已经成了鬼魅，我现在唯一能做的就是用自己的方式为他们祭奠和祈祷，同时感谢他们付出了昂贵的生命，换来古罗马曾经的野性辉煌，让今天前来参观的人，包括我在内，能够从看得见的残垣断壁中想象出当年的景象。而且，这样的景象还会一直让人想象下去。你看，斗兽场一侧不是新搭了很高的脚手架吗？看样子罗马政府还在不停地维护和维修，他们还不愿意让昔日的辉煌在岁月流逝中湮灭，那么，伤疤与鲜血，在未来的日子里，仍然会一览无余。

我不知道自己是怀揣怎样一种复杂的心情来完成这样一次游览观景活动的？幸好在回酒店的路上，我偶然点开一位师兄的微信，看到了他前不久来此留下的一段话：只有到了意大利的罗马，才能够真正感受到人类文明的震撼。无论是圣彼得堡大教堂，还是古罗马斗兽场；无论是米开朗琪罗的雕塑，还是拉斐尔的壁画，都能显示出那一时代的辉煌。

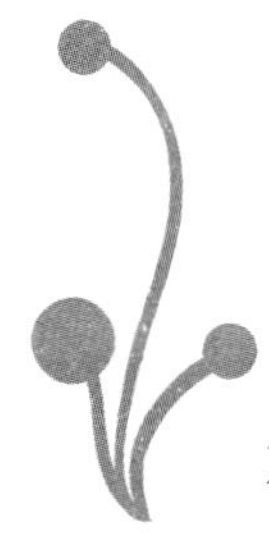

在阿尔卑斯山上

记得还在读小学时，做大学教师的舅父给我讲过一个故事：一次，有人采访拿破仑："请问您是怎么征服阿尔卑斯山的？"拿破仑没有直接回答，他叫住一个士兵，命他上到屋顶，然后听自己的口令朝前走。那士兵听命，精神振奋地朝前走，快要走到屋顶的边缘时，拿破仑的口令并未停止，那士兵仍然昂首挺胸继续前行——直到一头栽下楼去。拿破仑回头对那位采访者说："看，我就是这样征服阿尔卑斯山的！"这个故事听起来有点残忍有点血腥，我一方面对那位忠贞而死的士兵心生恻隐，另一方面为拿破仑信念坚定、勇往直前的英雄气概所感染。阿尔卑斯山，从此在我的印象中，与拿破仑有着千丝万缕的联系。

后来我才了解到，阿尔卑斯是欧洲最高的山脉，分布在法国、意大利、瑞士、德国、奥地利和斯洛文尼亚六个国家的部分地区，主要分布在瑞士和奥地利的国境内。征服阿尔卑斯山，就意味着征服整个欧洲。关于拿破仑征服阿尔卑斯山的壮举，西方有相关表现的艺术作品比比皆是。

有两幅油画让我记忆犹新，一幅是雅克·路易·大卫的《跨越阿尔卑斯山圣伯纳隘道的拿破仑》，画面中的拿破仑意气风发，志在必得，左手握住牵马的缰绳，右手指向高高的山峰；另一幅是保罗·德拉罗什的《拿破仑越过阿尔卑斯山》，画面中的拿破仑好像是骑着一头驴，用手捂着胃部（有记载说拿破仑患有较严重的胃病），眼睛凝视着前方，面部表情既坚毅又有点疲惫。两位画家均描述了这场马伦哥战役的胜利：1800年5月，拿破仑翻越险峻的阿尔卑斯山，以少胜多地击败正在意大利的奥地利帝国军队，从而决定了意大利战场的胜利。相形之下，我更喜欢保罗·德拉罗什的这幅画，不像诸多作品总是过高地美化拿破仑，而将拿破仑作为一个人并非一个神来表现，客观地、艺术地再现了历史的真实。据史料记载，在拿破仑之前，欧洲没有一个国家的军队超过二十万，拿破仑倡导民族主义和爱国主义，曾组织了超过三百万人的军队，在欧洲所向披靡，取得过一系列辉煌的胜利。

在瑞士吃过午饭，团友们以一种渴盼的心情，上了我们的专用大巴。从车窗里往外看，低洼地里散开着疏密不一的住房，仍然还是瑞士的风格与气韵，呈现出一种祥和安静的美好。

不知不觉，我们便来到了阿尔卑斯山脉瑞士中部的最高峰——铁力士山的山脚。今天所有人都穿上了棉袄，有的还戴上了帽子，全副武装做好登山准备。说是登山其实并不恰当，因为都是坐缆车上去，比起以往真正负重登山的人来说，我们要容易多了。

我和巧玲挨在一起坐在缆车上，一边说话，一边观景。缆车里面的几部手机在不停地咔嚓咔嚓。眼前被雪覆盖的高山，看上去柔若无骨，却有着不可摧折的阳刚禀赋，且光线明亮，空气清新。颜永平先生突然兴奋地指着半山腰说，“你们看，那是什么动物？是一只鹿还是一只狐狸？”我朝他手指的方向看去，睁大了双眼，却什么也看不到，到底有什么呢？难道，他看到的是山中的精灵吗？就像小说《白鹿原》中那只富有象征意义的白鹿精？颜永平先生还在目不转睛地看着那里，杞人忧天似地自言自语道，奇怪了，这山上怎么会有动物呢？满山遍野都是雪，它们吃什么？它们怎么生存？

这些疑问，短时间内很难找到可信的答案。正如海明威也无法告诉他的读者，那头豹子为什么会死在乞力马扎罗山上。正在浮想联翩时，缆车已经将我们送到了铁力士山的山顶。白雪皑皑，茫茫一片，团友们一个个童心未泯，孩子般手舞足蹈地向山顶跑去。哪知道路很滑，很多人摔了跟头，他们无所谓地仰面躺着，哈哈大笑起来。

高大潇洒的翟杰教授，叫上几个从“文革”走过来的团友说，来，我们一起唱歌跳舞吧！他率先唱起来：“不敬青稞酒呀，不倒酥油茶，也不献哈达，唱上一支心中的歌儿，献给亲人金珠玛……”哦，是一首很遥远的歌了。他洪亮的歌声立刻回荡在空旷的雪山。随即又有张亚芬、朱新民、李梅、袁雅萍等几位参与进去，他们越唱越欢，越跳越起劲，激情澎湃，舒缓优雅，吸引着全体团友和一些外国友人围在一边观看，为他们送出热烈的掌声。

我相信在场所有的人此刻都已经忘却了年龄，忘却了身份，忘却了时间，忘却了空间，忘却了红尘世界的诸多杂乱、喧嚣、浑浊、扭曲、失落、纠结等，曾经一度惹上尘垢的心灵，在如此纯净的雪山、在这般欢快的氛围里，得到了荡涤与净化，精神境界也得到了升华。

这样近乎集体狂欢的一场载歌载舞真是可遇而不可求，有的人终其一生，也许从未邂逅到这样的快乐。机不可失时不再来，当我扔掉肩包，想轻轻松松跑进他们中去时，却是一曲终了，好不遗憾！

几位团友在一位外国朋友的指导下，饶有兴致地玩起了雪橇，连我们的志勤大姐也忍不住地跃跃欲试，空旷的山上时不时听得到开怀大笑。本来我也想去玩玩的，看到想玩的人太多，根本插不进空儿，只好作罢。

此时，王银茂先生取出随身携带的一幅书法作品，上面书有“纵横捭阖”四个大字，团友们协助他一起展开，轮流在雪山拍照留念。我用手机定格下了这一幕，感觉他书法作品的这四个字可以作为我们今天阿尔卑斯山之行一个最完美的句号：既追缅了当年叱咤风云、所向无敌、征服整个欧洲的英雄拿破仑，也展现出我们中国演讲代表团的豪情壮志，生命不息，演讲不止。壮哉！美哉！

走进剑桥

早就听说英国雨多，且常常一天四季，果真如是！抵达英国的第一日，便是细雨霏霏，凉风习习，与意大利、法国的阳光炽烈大不一样。最要命的是，五月十四日乃欧洲之行的最后一天，继五月十三日牛津大学的成功演讲之后，我们将赴剑桥大学演讲，时间定在晚上七点整。按行程计划，本拟午餐后从酒店出发，下午可以从从容容参观剑桥大学校园。孰料天公偏不作美，雨一直下，只好作罢。气温骤降，团友们事先估计不足，大多未添足衣物，一个个瑟缩着身子。组织者见状，忙安排全员至一家名为“中国城”的中餐馆坐下，在热空调中驱寒保暖。

郑大校取出事先准备好的一轴书法《再别康桥》，在上面细心地标示着什么。有人提议每个人用方言朗诵一遍徐志摩的这首诗，正在叽叽喳喳聊天的团友们立刻响应，大家围着郑大校的书法，你一句我一句地用家乡话读起来。我坐在一旁，安静地看着这温馨生动的场面，寒意全无。这个环节特别好玩，有的方言穿行在诗歌的字词间，颇有几分俏皮和滑稽，令人忍俊不禁，看大家笑声不断，我也感到十分开心。

剑桥大学方面特意在附近一家中餐馆设了晚宴，欢迎远道而来的中国梦演讲艺术团。饭后一行人撑着伞，步行往剑桥大学报告厅赶去。其时我在心里嘀咕，剑桥即为康桥么？康河的水呢？究竟在哪里？好不容易来此一趟，难道真没机会一睹真容吗？那可是我曾经魂牵梦萦的地方啊！

雨越下越大，哗啦啦的声音不绝于耳。团友们冒雨拍过一些照片之后，便三三两两走进了演讲报告厅。我心有不甘，仍然想去一瞻梦中的康桥。侯希平团长这时抬眼看着阴郁的天空，自言自语道："真想去看看康河，哪怕是瞅上一眼。"我正准备附和时，一旁的郑宏彪大校说："侯团长，我们去找找吧，至少拍个照片留念。"我马上凑过去说："是啊，去看看吧。"侯团长说："那就走吧。"我们三人，再叫上随团的刘涛美女，请剑桥一位留学生引路，行经一圆顶拱门的长廊，很快来到那条名闻遐迩的康河之畔。

眼前一淙清流，澄澈见底，缓缓流淌，波澜不惊。这便是徐志摩笔下的康河么？究竟是先有徐志摩还是先有康河呢？哦，康河的柔波，康河的依恋，康河的情怀，如今让站在你身边的我们，荡气回肠，怀想万千！

郑宏彪大校展开他的书法长卷，站在康河边一边激情朗诵，一边请刘涛帮忙拍照。侯团长取出随身携带的摄像机，要我帮他摄像。我握着摄像机，心生忐忑，唯恐自己不能胜任，因为我从未摄过像啊！然而现在已经找不到第二个人了，我只好勇敢地承接下来。在开满紫色黄色小花、翠绿环绕的河岸，侯团长徐徐向我走来，他声情并茂地朗诵起那首勾人心魄的《再别康桥》："轻轻的我走了，正如我轻轻的来……"我一手撑伞，一手摄像，时而左右移动，时而前后推进。摄像完毕，我才细细打量一番横跨康河的那座石桥，那就是象征意义上的康桥吗？看上去已是年久失修，斑驳沧桑。那位多情善感的诗人徐志摩呢？他的翩翩身影，他朗朗诵读的声音，现今都去了哪里？

侯团长清亮的声音仍在康河上空回荡：“悄悄的我走了，正如我悄悄地来……”是忧郁伤感、满腹惆怅的一种告别。这时，有人跑来催促说：“侯团长，时间快到了，你们赶紧来报告厅吧！”侯团长一急，收住追怀的心绪，拎着沉沉的包边走边说：“好，我们马上就到！”

来到会议厅时，团友们已将“中国梦演讲报告团剑桥大学演讲会”会标及宣传横幅挂好，观众们陆续涌入会场。我到后台打开肩包，取出红色套裙匆匆换上。又照照镜子，梳理一下被风雨拂乱的一绺头发。七点整，演讲正式开始。侯团长主持了这场演讲，他精神矍铄，笑意粲然，面对剑桥的师生，神情自若，声如洪钟，首先指挥我们唱一曲团歌《东方群雁》，然后请出翟杰教授率先演讲“鬼谷子智慧”。

紧接着，张亚芬、李梅、孙启、朱新民等几位演讲家先后上台，他们中有的传授丰富多彩的演讲技巧，有的讲述生动感人的中国故事，有的解析博大精深的中华文化……我一边欣赏他们各自的精彩，一边暗暗为自己鼓劲：“准备好了吗？今天一定要讲好，为我们中国人长脸！”正这样想时，忽听到侯团长在台上介绍起我来，还报上我这次演讲的题目“京腔京韵自多情”，我的心怦怦跳了几下，旋即镇定下来，从容不迫地走到讲坛前。中国戏曲是我多年的学术研究方向，这次我选择了中国京剧作为演讲的内容。事先与侯团长沟通时，他给予了亲切的鼓励：“好啊，让我们团的演讲内容更加丰富！”

此刻，我站在剑桥大学师生面前，与他们交流和分享着中国的京剧。我一边讲一边往观众席上看，所有人都在认真听我讲，几位笑容可掬的女生定定地看着我，目光专注而亲切，我从中受到极大的鼓励，越讲越流畅，越讲越自如。我先简单介绍中国戏曲的发展概况，并说明中国戏曲是目前唯一生存下来的世界三大古老戏剧，其程式化表演是世界三大表演体系之一，最后将重点落在中国京剧上，“中国歌唱家李谷一演唱的《故乡是北京》，其中一句‘京腔京韵自多情’足以撩拨起我对京剧的那份深情。只要有机会，我都会站出来唱一段京剧，唱《家住安源》，唱《杨门女将》，唱《苏三起解》，唱《梨花颂》。”京剧特有的优美旋律在我的耳畔响起，要不要唱呢？是得唱啊，唱出京剧的魅力，唱出京剧的神韵，唱响在剑桥的夜空。“梨花开，春带雨，梨花落，春入泥……”我相信，中国的京剧，“凭借其自身的内在魅力，凭借世界人民对中国的热爱，十年后，二十年后，三十年后，乃至一百年后，仍然会像今天这样，唱响大街小巷，唱响皇城根儿，唱响全中国，唱响全世界……”

接着，侯团长又请出江帆、罗雁、董光海、赵长江、王宏中、张强等演讲家上台，为在座的观众展示了他们精心准备的魅力演讲。

这个晚上我失眠了，是一个注定要失眠的夜晚，睁着眼睛看着窗外那若明若暗的景物，眼前总是浮现康河的柔波、慢行的小船，浮现报告厅里欢悦的笑颜、热烈的掌声……

我吟咏起一首小诗：

致徐志摩

你已告别多年
轻轻的，挥手
康河老去
除了思念与忧伤
谁又能知道得更多

今天，我们从远方赶来
站在水边
想寻觅你的身影

你的足迹

还有，你吟诗的声音

金柳摇曳

青荇漂浮

一条撑着长篙的小船

瞬间不见了踪影

有关你的记忆

莫非，早已躲进

沧桑的岁月

如同天边那朵朵浮云

悄悄的，飘走

徜徉于吴哥民俗文化村

我们中国梦环球行演讲艺术团此次东盟五国之行，其间留下了许许多多记忆犹新的印象，在回国后的这段时间里，无数个美好的瞬间总在眼前挥之不去，其中最难以忘怀的是吴哥民俗文化村一游。

那是一个午后，天日高霁，万里无云。我们跳下车来，远远看到了吴哥民俗村的大门，造型简单而别致，颇具异国风情，数十根棕红色大木柱撑起三层斜斜的屋顶，屋顶托着一座尖尖的“金字塔”，我揣测是不是窗户呢？门口蹲着一对镀金的狮子，眼神灼灼。据介绍，吴哥民俗文化村完美地将民俗风情与民居建筑融为一体，是吴哥最为重要的旅游景点之一。

依霖美女拉着我的手，进入门内左边的小树林里，枝叶蓊郁，花气袭人，顿感赏心悦目，舒心惬意，两个人不由自主展开双臂，鸟儿般尽情地“飞翔”了一番。

沿着枝叶覆盖的一条路继续前行，老远听到一阵喧闹声，亦歌亦笑，原来一座民族木楼正在演出节目——与中国的旅游景点风格相差无几。

我们拾级而上，饶有兴致地观看了几个歌舞节目就准备离开。阳光帅气的刘小军帮我与高志强兄“设计”了一个下楼的细节，还帮我摆了几个pose，抢拍了几张极有动态感的照片——人的情绪很多时候是需要特定场合来激发的。

一路观景，一路感悟，一路拍照。不觉发现只剩下自己一个人落在后面了，赶紧小跑步前进追赶队伍。前面一棵硕大的树下，几位团友正与马来西亚中国丝路商会会长、原国家副议长、交通部长丹斯里·翁诗杰先生亲切交谈。翁会长是我们本次活动最重要的筹划人，我们刚乘机抵达马来西亚时，通过特殊通道来到贵宾室，是他亲切地接见了我们所有团友，当他一握我的手时，我顷刻感觉到了他的亲和与热情。

一位团友向翁会长介绍了我：“这是来自湖南长沙的作家、演讲家许艳文教授。”翁会长马上冲我笑笑，点点头说：“我也很喜欢文学的，曾经写过小说，也写过报告文学。”同样的兴趣与爱好，很快拉近了我们之间的距离，就文学的话题，我们一边走一边聊起来。

不知不觉中，我们走完了那段弯弯曲曲的路，来到一方开阔的湖边，走上由多个“Z”形勾连的红褐色小桥。小桥两边排列的花钵里生长着绿意盎然的各种东南亚植物，可惜我都叫不出名字来。湖水清澈，偶见波纹。高大温雅的翁会长步履稳健，声音平和，他迅速扫了几眼四周风景，又回头继续与我聊文学。从谈话中我感觉他的文学功底很深厚，不觉冒昧地问了一句：“翁会长，您是学什么专业的呢？”“工科。”好厉害！学工科的他，长期担任国家行政长官，竟然还能将文学创作做得风生水起。

翁会长告诉我说，他是平民家庭出生，为官多年，经常到民众中走走，民众也愿意与他倾吐真言。身为场面中人的他，对于时弊诟病，也常常投笔针砭，对此我更加心生敬意。看正在话题上，我顺便介绍起我的一部长篇小说《西风吟》，虽以书写人物命运为主，却将官场作为人物活动的背景。翁会长还询问了一些小说的相关情况，他听我作了相应的回答后，认可地浅浅一笑。

从小桥走出来时，快接近大门了。翁会长很自然地从文学切入到当今世界的经济状况，也谈到了中国当下总的发展态势与外交策略，高屋建瓴，很有见地，到底是高层人士，认知理解非同一般。他表示非常支持我们此行的演讲活动，我感激地说："一路有您率队陪着，真是太好了！"他凝重而坦诚地说："我与你们一路同行，也许会方便一些，你们要去的几个国家，我早已与他们协商好了，有什么困难可以随时解决。"

在我们走过的那一小段路里，我们暂且忘了周围的景色，忘了一路随行的人，也忘了时间，以至于落到了队伍的最后面。我清晰地意识到，今天这样的一次交流，虽说是偶然，但却是独特的、唯一的、弥足珍贵的。

走出吴哥民俗文化村大门，与翁会长轻轻挥手道别。此刻，暮云合璧，华灯初上，坐在开往酒店的大巴上，我在心里对翁会长说："今天与您说说话，受益匪浅！您的奋斗经历与平民意识，让人钦敬！什么样的官员才是最受拥戴的呢？不管是在哪个国家，老百姓心里都有一杆秤，口碑比什么都重要。"但愿能有一丝风儿，将我的心声带给翁会长。

至今回想起来，翁会长仍像一位亲近随和的邻家大哥。

第五辑　人海心湖

清空淡月

断黑时分，独倚窗前，我的目光在窗外徘徊，灰黑的天空像一张晦暗的脸压在眼前，发出令人窒息的呼吸。实在有点憋气，想排遣心中的郁闷，我披上一件外套，迎着寒风去户外走走。

小路，很安静，只听到我轻轻的脚步声。淡淡的月光慢慢渗了出来，模糊地照见一些物体的轮廓。我喜欢这样的夜晚，喜欢一个人心无挂碍地散步。似乎这样有着淡月的夜晚更能够让我进入某种诗境中去。

我奇怪自己怎么还有着少男少女般的天真和激情，还有着年轻人对未来美好的憧憬和怀想。

路，在向前延伸。一片树叶慢慢地飘落，悠悠扬扬地，然后停在我的眼前。

其时，我正行走在春风里，新雨过后，清辉如洗。淡月下的景物分外清新。我很想趁着月色和诗意去那边的花圃里欣赏一番缀满枝头的一树繁花，设想她与绿叶交相辉映的情景该是如何地招摇啊！

可月下的这片树叶，春天里的一片黄叶，为什么在经过一个冬季的考验，最后还会在风吹雨打中飘落了呢？本来它应该依旧是一片绿色，继续装饰着这个世界的。

然而，树叶就这样飘落下来，站在树下的人，尚不知自己的心已随风凋零了。

多少天里渴望着一个晴日，果真今天阳光灿烂得耀眼。想翻晒有点潮湿的心事，再随天边的薄云淡化开去。我心湖的愁绪果真能够荡漾得开去吗？

痴痴的一个人，行走在这样春意荡漾的景色里，心却在沉甸甸地痛着。回想起昨天的深夜里一个人久久独坐灯下，翻开有点陈旧的相簿，在泛黄的光晕里看自己十八岁的照片。碎花的上衣映衬着一张生动而热情的脸，眼光是那样地剔透明亮，似乎一个美好的世界全都装在她的心中了。

相簿的扉页里有一行工整而娟秀的蝇头小楷："一个人随着岁月的流逝会发生变化的。"是我一个中学同学很多年前送给我的礼物。也怪，昨晚梦见了他，一身黑色的布衣，头发梳得整整齐齐。我笑道："你这模样怎么像个地主啊？"醒来时才想起他已经归去西天好几年了。这样的时刻，我的朋友，你在那边过得可好？在我经常自寻烦恼的时候，总是想起你在电话里对我说的话："一定要好好照顾自己啊！"可你是否知道，淡淡晴空，半轮残月，似乎看到那个时候的你还是生龙活虎地站在我的眼前，我的心里此时装满了人生的悲伤，如果我们还能够彼此对望着聊聊天，该有多好！

一轮凉月，夜莺幽唱。黄叶，本来还可以装饰这个世界的，可是它却随风飘落了。

晚风吹拂着我的乱发，吹醒了我有些迷乱的心，我茫然地抬头，发现自己站在路口，不知该往何处？仿佛正进入一个迷失了的森林，不远处有哭泣的声音。我很希望此时我的手里有一把松火，把天地照亮，也希望今晚的好梦之后，明天的太阳还会那样灿烂。

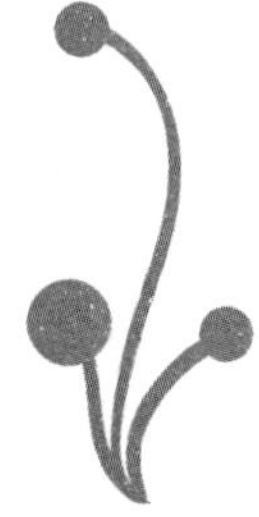

“老虎”祭

如果没有纪念，人类的感情就空旷了一大半。

早就想写些文字，为纪念我们的“老虎”，“老虎”姓钟，有时大家也叫他“钟老虎”，这是当年我们中学女子篮球队偷偷送给他的雅号。记得第一次见到他时，他就给我们留下了特别的印象：二十几岁，瘦高个，上穿黄色军服（有人说他当过兵），下着蓝色运动裤，走路迈着阔阔的八字步，说话时总喜欢双手交叉在胸前，冷峻的一双眼睛毫无笑意洞察秋毫虎视眈眈。以后好长一段时间我们都觉着他很可怕，因为他的不苟言笑，因为他的凶神恶煞，常常是我们没命地在球场上跑着、跳着，他却在场外穷追不舍，老虎般地吼着、骂着。当他的面我们一个个低眉敛首，大气不出，可一转背啊大家伙咬牙切齿讨厌得只一个劲儿地诅咒他。可惜那时候还不太清楚袁伟民训练女排姑娘和马俊仁训练长跑姑娘时是怎么样的“冷酷残忍”，相形之下，我们的“钟老虎”也许是小巫见大巫了呢！

往事如烟，许多过去了的事情都已经淡忘了，但有的却是随着时间的流逝反而总是越发固执地爬上心头。记得一次训练的间隙，我累软了的身体顺便坐在一个篮球上，前后滚动着想减轻一点疲劳。一阵微风过来，凉爽宜人，正在默默地品尝这一份短暂的惬意时，冷不防身后一声大吼："起来！球是可以随便坐的吗？！"惊得我顿时魂飞魄散，弹簧般跳了起来，只见"老虎"怒容满面地盯着我，我的泪一下子流了出来。说实话，我的自尊心一向很强，从小到大从未受过什么人这般的训斥，此刻，全队人的眼神齐刷刷地直射过来，我立时感到有一种说不清楚的耻辱，至今我都不知用什么样的词语来形容我当时的窘态。

"老虎"也有可爱的时候。有次赛前集训，伙食开得不错，可我们这群女孩都不喜欢吃肥肉，一块块挑将出来扔到地上。"老虎"见状，忙伸过碗来："给我，丢掉太可惜了。"随之有意看我们一眼："吃不下多想想万恶的旧社会穷人连饭都吃不上就能吃得下了。"女孩子一拥而上纷纷把肥肉给了他，七嘴八舌叽叽喳喳地说："那你就多想想旧社会吧！"奇怪大家当时怎么竟不害怕他了？不一会儿，他碗里的肥肉便堆成了尖儿，这下他可慌神了："不要不要，太多了，太多了，我再怎么想旧社会，再怎么忆苦思甜也吃不下去了。"看着他那几分滑稽、几分狼狈的样子，我们忍不住嘻嘻哈哈起来，那一次他也笑了。

中学毕业后也曾见过几回"老虎"，仍然感到他的"虎视眈眈"，每次我迎上去叫他一声钟老师，他总是不易察觉地露出些淡淡的微笑，点点头便走过去了。

去年暑假我回老家时忽听人提及"老虎"，说他是在某一天赛事结束后一高兴喝多了点酒歪坐在体育馆门口睡过去的，而且就这样睡下去了……

我的脑海里不断闪现出当年那位生气勃勃的"老虎"形象，也许没有一个他的学生想到要为他写点什么，但我希望他的在天之灵能听到我一声迟到的谢谢，感谢他在不经意间告诉我们一些至今才明白的道理。

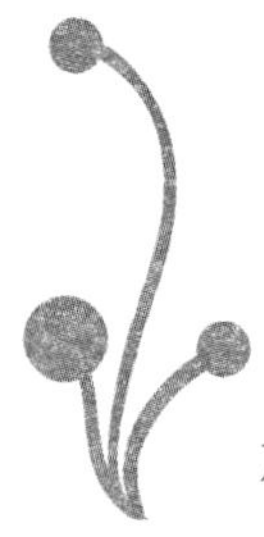

在白诚仁先生家做客

小时候听到一首很优美的乐曲《苗岭的早晨》，那时只知道特别喜欢，感觉就像《春江花月夜》《二泉映月》《梅花三弄》等名曲一样是百听不厌。在我的印象中，这首曲子一开始悠扬的笛声引来翠鸟的啼叫之后就进入了非常激昂的欢快之中，时而如蓝天飘拂的白云；时而若林中荡漾的春风；时而似山涧淙淙的流水；时而像姑娘小伙在翩翩起舞。那样的一种美妙和优雅在我看来简直无异于天籁之声了。至于这音乐到底从哪儿来的，究竟是什么人作曲，我倒是从未去细想过。后来我想也许就是钱钟书先生说的那样：如果你觉得一只鸡蛋很好吃，大可不必去了解这只蛋是哪只母鸡下的。

许多年过去了，我终于知道《苗岭的早晨》的作曲者是白诚仁先生，宋祖英的成名作《小背篓》也是他作的曲，自此对他的印象更加深刻也更加景仰他了，听到“白诚仁”这个名字及其他创作的乐曲就倍感亲切。

后来有一个很好的机会我认识了两个朋友，他们是学习音乐专业的姐弟，美丽的姐姐叫土娘，是白先生给取的艺名，帅气的弟弟叫小海，弹得一手好钢琴。我们在一起聊天的时候，知道他们姐弟都拜在白先生门下学作曲和声乐，而我对音乐的热爱一点都不亚于科班出身的人，还经常写点歌词谱上曲自己玩味一下，于是萌发了想去拜谒下这位作曲名家的愿望，我与土娘姐弟约定一个时间去了白先生府上。

白先生住的是省歌舞团宿舍区一套很平常的老式房子，进门后他的夫人一脸笑意地接待了我们，从土娘姐弟和白夫人说话的语气看，他们之间已经很熟悉了。我却在惴惴不安中想象着见白先生的情形，担心自己并非音乐专业出身，和这样的大家说话能否投缘？当土娘姐弟带我来到白先生面前向他介绍我时，我即刻从老人亲切随和的眼神里读到了友好和热情，开始时的疑虑瞬间烟消云散，安然地坐在老人对面和他亲切交谈。

白诚仁先生看上去七十出头的样子，个头不高，有点偏瘦，但眼睛很有神。这个时候他正披一件衣服坐在床沿边，我见他几次想起身，却又无可奈何地摇摇头然后叹了口气。白夫人见状忙过来扶他坐正了点，小海也立刻上前想帮帮他。白夫人侧身和我解释说先生腿有点风湿，现在行动不很灵便，我连忙劝老人还是躺着点的好，可老先生却一直兴致勃勃地和我们谈他的音乐创作，谈他外出采风时怎么一下就来了灵感；谈他虽然是四川人却对湖南少数民族风情和音乐十分入迷；谈他的《小背篓》创作过程以及一次很好的机会由宋祖英唱红了大江南北还唱到维也纳去了；谈他最近去了九嶷山喝到了很好的绿茶……老先生一边说一边情不自禁地哼起了自己的歌曲，渐渐地情绪由平缓变得激动，最后招手要小海扶着他走到外屋用钢琴弹奏了几曲自己的作品，并且还声情并茂地大声唱了起来，那样的一种昂扬和豪气让你想不到出自一个老人的声音！他已经完全陶醉在自己的旋律里了。

白老先生高昂的情绪很快感染了我们，遇到熟悉的歌曲我们也和他一起轻轻地唱起来，那些优美的旋律从他的指间流泻出来，在还有些寒冷的空气里荡漾，使这间房子充满了生气和活力。趁着白老师现在进入艺术感受的最佳状态，我把事先自己“预谋”的情节“演示”了一遍：从手提袋里取出我自己作词作曲的一首歌曲《别离时刻》，这首歌曲曾经得到了另一个作曲家王辉先生的好评，说我对音乐的感受比有些专业的还好。王先生创作的许多歌曲也已经唱到全国去了，宋祖英就曾经唱过他的一首《芦笙、侗锦与兰花》。这次我还想请白先生也能够指导评点一下。老先生欣然接过去仔细地看了好几遍，然后又用手辅助着轻轻地哼唱了起来，我有点紧张，毕竟不是科班出身，一点业余爱好偶然涉足，真怕让这位著名的作曲家笑话呢！孰料老先生一会竟笑逐颜开地对我说：“不错，写得很美！词和曲都很吻合……”之后，他具体指导我说哪些地方还可以做一些细微的修改。

作为一名音乐爱好者，难得有机会与这样一位德高望重的老艺术家畅谈音乐，尤其能够听到白老先生对我的业余创作做出这样的评价，心里别提多开心了，甚至还有一种满足感，且希望以后能在白老先生的鼓励下继续我在音乐方面的业余创作。离开时我紧紧地握了下白老师的手，默默为这位老艺术家祝福，希望他的生命之树常青。

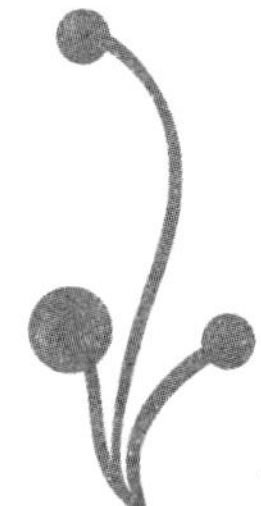

春天，一朵素白的花

春天热闹了一个白昼，如今又无声无息隐遁在冷清的夜里。夜，是寂静的带着嫩草气息的，在夜的沉色中，我隐约看到前面不远的地方有一些亮得耀眼的色彩，像点点天上灿烂的星，又像朵朵白色灿烂的花。我的窗前是一片墨色的海，穿过这片黑夜，我似乎看到了一个白衣飘飘的女子……

很有点奇怪每年春天这样乍暖还寒的时候，我的脑子里怎么总会想到她——一个我现在连名字都叫不上的女人？她的在天之灵还能够感受到我对她的一份怀念之情吗？

这还是那一年春天的事了。

我还真记不住她叫什么名字，只知道她是阿段的妻子。阿段，我的一个同事，因为他姓段，大家就叫他“阿段”，他每次也就笑笑，既不说接受这称呼，也不说反对，于是张三李四就这么叫了下来。阿段身材矮小，皮肤黝黑，清瘦的脸上戴一副黑边眼镜，一张脸更显得看不到什么肉了。你别看他就这模样，可艳福还不浅呢，短短的两年里，竟然娶了一个妻子，离了；又娶一个妻子，又离了；眼下已经娶到了第三个妻子。而且说来还怪，他的三任妻子是一个比一个漂亮，一个比一个贤惠。每当看到他携着新婚妻子的手出出进进时，大家都把羡慕的眼光投到他们身上。

孰料“天有不测风云，人有旦夕之祸”，就在阿段新婚宴尔，好日子正甜甜蜜蜜地过下去，大家期望见到他俩快快添一人丁时，他的妻子却不幸得了重病住进医院。适逢那段时间我因为肠胃不好也在中医院住院治疗，与阿段的妻子住在一间病室。我那时还不知道她患的是什么病，后来问及，她便告诉我说医院查出来是红斑狼疮。说实话，我对这病还不甚了解，以为不过是一种普通的皮肤病罢了，“大概就和风团差不多吧？”我作如是想。

但接下来的情况比我预想的要严重多了。因为每天医生进病房查诊时，对我总是轻描淡写地问几句，而对她，则十分审慎地问这问那，甚至同时来几个医生一起问诊。通常是，她那边热热闹闹，我这里冷冷清清。事到如今，我这才意识到我的病友情况不太妙了。有次回到家里，我还特意查了下资料，医学书上写道：“红斑狼疮是一种主要侵犯结缔组织的自身免疫性疾病。此病多见于女性，因其皮疹好发于面部，常影响容貌美观，但可累及各个系统的组织和器官，从而引起多脏器的病变，重者可危及生命。”啊，看来这病差不多是不治之症？

这以后，我对阿段的妻子更加多了些关心，每天都和她聊些开心的事情。她原来漂亮的脸上现在是红一块白一块的，乌黑的眼眸也好像蒙上了一层灰尘，不像以前那样明亮了。我们在一起聊天的时候她很开心，似乎忘记了自己是个病人，手里还在一针一针地为丈夫编织毛衣，手腕灵活，手法娴熟，那漂亮的针花真让我自愧弗如、望尘莫及。但每天早上和中午醒来时，总看到她背靠在床头，怔怔地看着窗外发愣。

有一天早上，天正下着点雨，天色暗淡冷清。突然，一只黑白相间的小鸟落在窗台上，一边清脆地叫着，一边低头想啄点什么吃。她看见了，脸上有点呆滞的表情立刻变得生动起来，撮起嘴巴打起响哨和那小鸟打招呼，可那鸟儿看了看她之后，有点受惊吓，扑棱扑棱飞走了，她的脸色渐渐变得有些阴郁。屋檐的雨水一滴一滴地掉下来，我感觉不是雨水，而是她的泪水。

阿段每天下班后就来陪她，尽找点开心的话题和她说，有时候两人打闹起来还在床上滚成一团，俨然一对热恋中的人儿。看他们这样快乐的样子，我多么希望医院能够有回天之力啊！

然而她的病终于日渐严重，每天靠打点滴维持。看到她那样无助地躺在床上呻吟，我的心也随着她一起感到痛苦。也许那个时候，她已经知道自己快不行了，但我惊诧她依然那样镇定，有一天她和我说："我写了份东西要留给阿段，希望在我死了之后他不要太悲伤，只请求他一点，在我的坟头栽种一些白色的花，我喜欢那种情调……"

因为我的病很快好了，我和阿段的妻子说了一些安慰的话之后就离开了医院。回来之后，总想找个时间再去医院看看她的。然而，几天之后，就听说她已经走了。具体情形是这样的：她的母亲去医院照看她，因为阿段一个人忙不过来。而她呢，或许是想点滴走快点，或许是想自己早点儿走，不给家人增添负担，趁着母亲出去一会的工夫，自己擅自调大了点滴流量，结果……后来大家都说，幸好不是阿段守在那里，要不，岳父岳母能够饶得了他吗？

在这个春的日子里，清风拂过面颊，尚有几分清冷。我倚靠在窗边，在一轮淡月下，再一次想起了那个女子，忽然千念回转，不免黯然神伤。

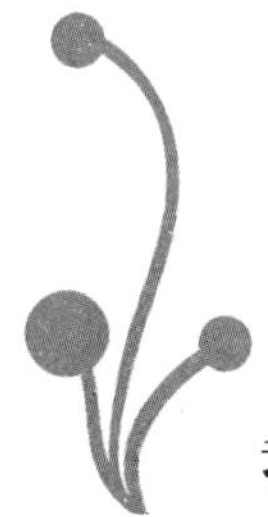

我的导师吴老先生

又是一个丹桂飘香的季节了，漫步在这样清净幽美的大院，仿佛有一种似曾相识的感觉，是在梦里见过吗？恍然间的错觉一过，才突然想到我那时去过的地方，很快忆起了江南的美丽风景，似乎又回到了那个绿树环绕、芬芳四溢、翠鸟鸣啼、书声缭绕的校园。那里的一切都十分清晰地留在我的记忆里，很多的人和事犹如一幅轴画在又一个教师节到来时缓缓展开在眼前……其中最难以忘怀的是我的导师吴老先生。

在一次全国性的学术会议上听了他一次颇有影响的报告，于是牢牢记住了这位名牌大学的知名学者，还在心里暗想倘若有哪一天做他一回学生就好。也许冥冥中缘分使然吧，老天爷就在我那样一种渴望的心情驱遣下非常友好地为我做了一次精心的安排——真投在他门下做了一回实实在在的学生，在南京大学学习的日子成为我一生中最值得铭记的美好时光。

吴老先生在南大担任博导已经有一些年头了，现已年近古稀，他个头不高，精神矍铄，眉眼间总含有几分笑意，显出长者的慈祥和温厚。

先生说话带有浓郁的苏北口音，刚开始听他讲课和说话，很多学生都暗暗叫苦，可还得点头迎着他亲切的笑脸，至少大家懂得怎么样去尊重一位德高望重的学者。慢慢下来大家便逐渐习惯听吴老先生那特有的口音和腔调，尤其是我，甚至觉得他的方言和苏北乡音有着别样的韵味。最让学生感到有些兴奋和刺激的是，老先生是一个超级戏迷，会唱很多昆曲的名段，有时候在兴头上还可以有板有眼、有滋有味地给大家来几曲，当大家报以热烈的掌声时，老先生高兴得脸上放出喜悦的红光来。

别看老先生待人随和亲切，可在学业方面对学生却一切从严要求。也许是他的性格，也许是他的经历，我感觉他应该是那种恩威并重的人，既让你感到他的亲和力，也让你感到他的不好敷衍。给人印象最深的是他的时间观念特别强，如果你要想见他，必须事先要和他约好，而且说好了几点到你就必须守时，不然老先生会盯着你一定要问个所以然才罢休，这种性格和习惯也许是他那代人在特殊的环境中培养出来的吧？

先生不仅治学非常严谨，要论证一个观点须反复寻找依据，引经用典时均要注明出处，而且一再告诫他的弟子们一定要严格要求自己，尊重别人的劳动成果，力求在人家学问的基础上有所突破，从而建立自己的学术观点。我在写作个人专著的过程中，曾经得到了先生精心的指导，他帮我反复审阅书稿，并亲定书名，最后为激励后学欣然作序。感谢您，我尊敬的老师，是您为我以后的学术之路奠定了良好的基础，我想我以后应当不会辜负您的殷殷期望！

老师给我们上课都是在他的书房里进行。我第一次去他家很有点惴惴不安，他那狭小的书房似乎把我的心挤压得更加紧张。我趁着他喝茶休息片刻的机会，偷偷打量了一下他书房的布局：大约二十多平方米，窗户两边是老式书柜，全部塞满了新旧参半的书，中间一张陈旧的书桌，案头堆满了书和稿纸，还有一个造型别致的笔架，挂了几只长短不一的狼毫，风吹过来它们慢慢地晃悠起来。我奇怪老先生至今怎么还住在这种老式的宿舍里？现在很多人尤其是像他这样有身份、有名望的老教授都已经换成广厦了，难道他就没有这种需求吗？直到后来与他原来的弟子聊起才知道他不愿意搬到新宿舍区去，因为离学校太远，恐来回奔跑多有不便。我为他仔细一想，也是。老房子尽管简陋，倒有几分好处，一来省钱，二来省心，三来省力，再说，老了的人大都恋旧，住了几十年的房子还真舍不得呢！

老先生尽管在外面很风光，全国各地讲学做报告，还经常受邀到中央电视台做访谈节目，可诸多让老先生揪心的家事又是许多人有所不知的。我的师兄有一回告诉我说，老先生其实也有些烦恼，子女老大不小了却一直没有得到妥善的安排，有一个还患有慢性病；老伴退休在家，也因为心情不畅得了老年抑郁症，经常疑神疑鬼，特别是女学生打电话找老师时，她会不厌其烦地“审问”好半天才去通知先生接电话；如果有女生贸然登门找老师，她拉开门堵在面前眼睛直勾勾地盯着问：“你要找谁？”我的一个小师妹有一回被窘得当时再没有勇气说话掉头就跑了。听到这些关于导师的事，我的心为老师感到隐隐的痛，很难理解先生长期在这样的环境和心境下竟然还能够取得那么多的学术成就，真不知道他有着怎样的毅力和克制力了。

已经有好几年没有见到吴老先生了，平时只是电话问候下他，还有就是每年的春节给他寄上一份精美的贺卡，写上我最美好的祝福，而老先生总是礼尚往来地要给我回寄一份贺信，写上他的殷殷寄语。正好十月有一个在湖北黄石召开的全国性学术会议，南京大学也是组织者之一，我知道吴老师会参加所以毫无迟疑地去赴会了，见到了离别好多年的老师还像当年那样一脸慈爱，爬山时健步如飞，原来所有的担心都释然了。

老师，学生十分惦念您的一切，请接受我一份遥远的祝福，希望您老人家在倾情致力于您所热爱的事业专心搞教学科研的同时，一定要注意保重身体，毕竟年岁不饶人了，如果时间合适，我一定会邀上我们的同窗好友前来看望您，到又一个丹桂飘香的时候，相信您看到一定也会很开心的，您就像以前那样，安静地站在那栋绿荫掩映的红楼前等着我们吧。

尚长荣印象

今年的夏季持续高温，酷暑难当，曾偷闲几天躲在空调房里静心阅读章诒和写的《伶人往事》，刚好读完尚小云、言慧珠、杨宝忠等京剧大师的往事回忆，就赶赴上海参加教育部组织的《戏曲鉴赏》高级研讨会议，顺便把这本书也带去了。我想，既然是一次关于戏曲方面的研讨，一并看看这本相关的书也许效果更佳。

几个月前就对这次的戏曲研讨会心向往之，一则可以与一些国内知名学者和戏剧表演大师近距离接触，二则可以与同行们探讨一些相关研究课题。与会的第一天，我们就见到了京剧表演大师尚长荣。这个名字对于热爱京剧的人来说都是如雷贯耳。尚先生是中国戏剧家协会主席、上海戏剧家协会主席、中国戏曲学院教授、中国戏剧界首届梅花奖得主，国家级非物质文化遗产首批传承人。他曾经三次获得上海白玉兰戏剧表演奖以及文化部“文华表演奖”等。那天，尚先生在很多人的陪同下来到会场，只见他里面穿一件细花格子衬衫，外面披一件白色夹克，头戴一顶浅灰色鸭舌帽，红光满面，精神焕发，当他面带微笑点点头同与会者打招呼时，全场对这位德高望重的艺术家报以长时间热烈的掌声。

尚长荣先生是活跃于当今舞台的著名京剧表演艺术家，被誉为“第一花脸”（花脸乃京剧行当里的净行），在海内外艺术界享有很高声誉。他嗓音洪亮、宽厚，演唱技巧运用纯熟，在京剧传统表现技法的唱、念、做、打等诸方面功力扎实、深厚；在表演艺术上视野开阔，不囿于门户之见，博采众长，塑造的人物或大气磅礴，或质朴雄浑，张弛有度，激情四溢，深得京剧观众的喜爱。

我在读《伶人往事》一书时，比较详细地了解到尚长荣的父亲尚小云的家世以及表演方面的情况，尚小云是清初诸藩之一的南平王尚可喜的后裔，眉目清秀，做事伶俐，喜欢把自己收拾得干净利落，与梅兰芳、程砚秋、荀慧生并称京剧“四大名旦”，曾创办过京剧戏班“荣春社”。尚长荣在家庭的影响下，几岁就登台表演。他先拜陈富瑞为师，开蒙学花脸，后来又拜京剧侯派花脸创始人侯喜瑞为师，学习《盗马》《取洛阳》等剧。他既能演有繁重做表功夫的架子花脸（大花脸），又能演以唱功见长的铜锤花脸（二花脸），如在表演《曹操与杨修》时他就试图把铜锤和架子两种表演体系同时纳入一个框架做到“内重外准”，给自己的表演提出更高的要求。其主要代表作有传统剧目《牛皋下书》《连环套》《将相和》《打鸾驾》《飞虎山》《曹操与杨修》《贞观盛事》及现代戏《延安军民》《智取威虎山》等。

张雪松先生曾经评论说：“尚长荣的表演，抒情达意带有很强的人文色彩，同时他在原有的程式上强化了内心戏，挖掘并捕捉到人物内心的瞬间，并用京剧固有的程式准确地表现出来，让观众充分感受到人物内心的细腻和波澜壮阔。”我认为这样的评论对于尚长荣先生来说是极其中肯的。

尚老先生站在宏观的角度，以中国戏剧家协会主席的身份向大家介绍了京剧艺术发展的历史以及戏剧在当下面临的挑战；并且以老艺术家的身份，向大家介绍了京剧的基本常识；最后应与会者之请即兴给大家演唱了几曲京剧名段，尽管是清唱，但他十分投入，眉眼间把人物的喜怒哀乐都表现得淋漓尽致。你若是闭着眼睛品赏，料定很难以想象那样酣畅淋漓、浑圆大气的嗓音竟然出自一个七十岁老人之口。

中场休息时，很多代表拿出书本请尚长荣先生签名。我正好将《伶人往事》一书带在身边，里面有一张他和五个兄弟合影的照片，六个孩子都穿着长袍子从高到矮排在一起，尚长荣是倒数第二个。当我把书翻开到那一页送到他面前时，他看到自己几岁时的照片，嘿嘿地朗笑了几声，然后把名字签在他的照片下面。主持会议的朱恒夫教授看了，好是羡慕，说："这就有意思了，很有价值啊！"

讲座结束后，尚老走下台来与我们一一握手。之后自然成为独到的风景，站在会议徽标下始终面带微笑，与他的戏迷们一一合影留念。虽然在电视里经常看尚老的表演，但如此近距离地看看素面的他，感觉更加亲近。尽管他扮演的都是阳刚魁伟之男儿形象，可眼前的他却是那样慈眉善眼、亲切随和。

走笔至此，我点开那张与尚长荣先生合影的珍贵照片，似乎又回到了尚长荣先生和我们一起亲切交谈时的情景，犹如听到了他声如洪钟的声音："一身之戏在于脸，一脸之戏在于眼。"

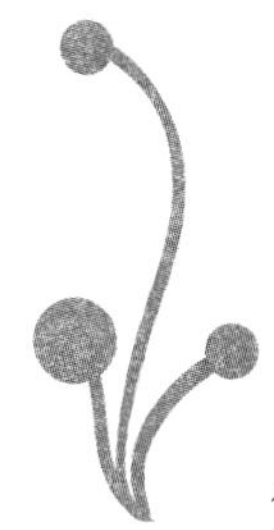

月圆声悄，香魂何处

又近中秋，又见月圆。这样的时刻，我不由得记起了曾经写过的诗句：“这么多年，那棵桂花树是否已经砍倒？嫦娥寂寞，无法确定她会不会舒展广袖？”这样的时刻，我摊开一张晚报，细心品读一篇方雪梅写的散文《雪子飘落》，她感叹雪子“这个揣着玲珑心的女人，身影淡淡的，若有若无地站在李叔同的身后。在大师丰盈、盛大的人生里，她那么轻、那么轻，似细细的一朵柳絮，舞过了，飘走了”。

雪子，何许人也？雪子乃十九世纪初一个普通的日本姑娘，李叔同在日本留学时曾经寄居在她的家中。美丽、温婉的雪子，一次又一次出现在李叔同的画中，在少女特有的娇羞和渴盼中，她心甘情愿地沦为了爱情的俘虏，不顾一切地爱上了这个才华横溢的中国男人。尽管她知道李叔同在国内早有发妻，但她还是义无反顾地跟随爱人来到了中国。也许她冥冥之中受到神的暗示：这个出类拔萃的男人，是你一生中可遇不可求的。

果然，李叔同就是李叔同，他的才华与成就，在我国近代史上无与伦比。他是我国新文化运动的先驱，是著名的艺术家、教育家、思想家和革新家。他还是一位不可多得的艺术全才，在戏剧、音乐、书画、诗文、金石和教育各个领域都有极深的造诣，曾经为国家培养了一大批优秀艺术人才，如著名画家丰子恺、音乐家刘质平等文化名人都曾经拜在他的门下。

雪子算是慧眼识珠，三生有幸，在她人生途中遇上了李叔同。她如同很多痴情的中国少女那样，希冀能够与爱人“执子之手，与子偕老”，并祈求上苍成全她一桩来之不易的良缘。在他们相依相偎的那些日子里，留下了多少刻骨铭心的爱恋？留下了多少耳鬓厮磨的印记？

然而，让雪子始料未及的是，李叔同毕竟是李叔同，1918 年，他入杭州虎跑寺正式出家，从此精修佛教律宗，成为佛门一代高僧——弘一大师。这境况就像佛祖释迦牟尼某一天突然觉悟了一般，终于抛却优裕的现实生活，创立佛教，拈花微笑，从容淡定，从此追求祥和、宁静、安闲、美妙的心境，这种心境纯净无染、淡然豁达、无欲无贪、无拘无束、坦然自得、不着形迹、超脱一切、不可动摇、与世长存。弘一大师从此要担当起为善天下的重任，他将对爱人的“小爱”升华为对天下苍生的“大爱”！

可雪子怎么办呢？醉过知酒浓，爱过知情重。李叔同一变而为弘一大师，这样一种惊天动地的蜕变对于爱情胜过一切的雪子来说，无异于富士山的一场粉雪，碎了心，痛了爱，伤了情。弘一大师或许把感情深埋在心里，他拜托最好的朋友，请他们夫妇将雪子送回日本。临走前，在雪子的请求下，他们见了最后一面。恐怕是弘一大师多少心中有愧吧？在短暂的告别宴中，弘一大师一直不敢正视雪子的眼睛。当雪子乘一叶小舟就要离岸远航时，他竟然转身回庙，不再回头。雪子的泪水一滴又一滴洒进了水中，此时，我的泪也随她远去的身影落在了字里行间……

我不知道雪子回国后会是一种怎么样的生存状况？是嫁人为妻，还是独守空房？是慢慢淡忘，还是千千心结？方雪梅说："哪一场爱，不是悲欣俱全？哪一场爱，不是古巷残阳般幽深的寂寞？"月亮已经从那时候漂泊到了今天，岁月的长河也在无声无息中记载了许多旧梦。我想，美丽的雪子早已作古，但她的香魂是不是依然还深情地萦绕在中国这片大地上呢？

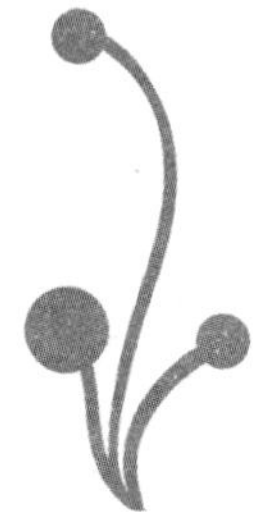

“新渔夫”安星

那天与几位同学一起聊天，大家饶有兴致地听安星说起他自己这些年来的故事和经历，安星当过兵，做过工人，还经过商，然而好运似乎没有垂青于他，后来也无心在单位上班，索性离职买了一条渔船，躲进山里，在蟒塘溪深处靠打鱼为生。好在他妻子占着个好单位，在电力公司工作，待遇丰厚，且从不嫌弃他，也不逼他，任他来去自由地做一个现代“新渔夫”，这样的女子在当今“望夫成龙”的现实社会里堪称凤毛麟角了。

安星叙述了很多他在山里和水上的惊险故事，我的脑海里不断浮现出他与野兽搏斗、与毒蛇较劲的镜头。看他健壮的身躯，黝黑的脸庞，炯炯有神的眼睛，我即刻相信了他说的话：“我体检时身体没有任何问题，因为吃过很多苦头，所以我相信自己有很强的生存能力，再艰难的环境我都不会害怕畏惧的。”

应安星的邀请，次日我和唐、建华、小妹四人来到了他的船上。安星穿一件白色的T恤，精神抖擞地解开拴船的链子，然后动作麻利地做好了开船的准备。马达轰隆隆地响起来，破开了水面的平静。我看方向盘就在身边，好奇地问安星：“这是不是和开车一样？我能帮你开船吗？”征得他的同意后，我真的握起方向盘，感觉比开车要轻松多了，不必时刻考虑红绿灯、刮擦之类的事。

船所经之处，都有安星的朋友和熟人，他们彼此亲切地打着招呼，看到是一个陌生的女子在开船，睁大了眼睛好是诧异。唐和小妹变换着角度给我拍照，我笑着说：“我今天来当一次船老大，你们帮我多拍几张吧！”他们看我一淑女模样，又神情专注地开船，觉得颇有几分滑稽，都哈哈大笑起来。

最近一段时间因为天气太热，安星窝在家里足不出户。但为了我们，他特意去买了很多菜，中途还停船靠岸去背了气罐和纯净水上来，火辣辣的太阳晒得他满身大汗，我都有点过意不去了。他却说，你们难得来的，我们就到船上做几个菜吃吧，你看，我还专门请了厨师呢，他指了指他身边一个四十多岁的女子。那女子笑了笑，很友好的样子。我马上说，到时候我来洗菜吧——我也有闲不住的毛病，到哪里做客都喜欢帮主人打点小差。

好不容易将船开到一个山庄，安星说大家先上岸休息会吧。山庄的主人是安星的朋友，十分热情地迎接我们的到来。还兴致勃勃地带我们去看他养的一只宝贝鸡。他小心翼翼地打开一间房门，只见一只花色斑斓的鸡不安地走来走去。主人说，这是他捕捉到的一只野鸡，看着实在漂亮，不忍心宰杀，就当成家鸡喂养下来，现在基本上养熟了，放出去玩一会也知道返回家中。主人说完，又小心翼翼地关上门。我们还看到，在这个山庄下面的水滩上，养有几百只鸡和鸭子，山庄的后面，种有各种蔬菜，看着主人气定神闲的样子，不由得有几分羡慕了——自己做自己的主人，过自己的生活，多么自在舒坦！如果一个社会人舍得什么都放下，回归自然，也许就能够找回自我了。问题是，到底有几个人放得下呢？

主人见我们要走，极力挽留，对安星说，你们就到我这里做饭吧，我不收你的柴火费，不比你船上方便？安星笑笑答应了，说："等会儿我们一起吃饭，喝点酒吧。"随后安星与他请来的厨师马上动手烧火煮饭，我们几个则坐在通风的地方闲聊。建华一个接一个地说故事，他的绘声绘色、形神兼备让我们听得如醉如痴、乐不可支。

坐在山边，任风轻轻地吹拂，远望对面一脉青峰，倒影荡漾在水面，真有置身于仙境的感觉，揣度这样的青山绿水，莫不具有名胜景观的春宜花、秋宜月、夏宜清凉、冬宜晴雪之特点，让人全然忘却了外面的世界，什么烦闷和不快都化在风中和水中了。想起来我曾经为这里的山水填过一首词，并写进了我的《篱笆诗话》："尤其蟒塘溪风致奇特，乃为省级电站截流蓄水而成，深达四十米有余，水流平缓，清澈回旋。更有错落可见的山里人家，建成诸多的休闲场所，名桃花岛、神龙岛、翠竹山庄、阿德山庄、水云间等等，各具特色，各有风貌。一日，与诸多友人溪上泛舟，但见两岸青山叠翠、花枝弄影；水面波心荡漾、桨橹添声。数年前曾游过三峡，置身此景，疑似故地重游。至夜，返归家中，情不能已，试填《南乡子．水云间》一词：水映霁云天，山影朦胧日渐寒。翠柳拂风花影瘦，人怜，转瞬轻舟竹栅前。闲倚木楼边，满眼风光吟杜鹃。过往游人皆笑语，欢颜，掩映红云碧水间。"

虽然这一天我们未能按预想去领略安星更多的"新渔夫"风采，未能亲眼看见他打鱼的全过程，但我们应该说不虚此行，山里水上的别致风景与山庄人家的生活情趣让我们在短时间内回归于自然，尽管短暂，但感受是最真切的，其中乐趣可遇不可求，弥足珍贵。在返程中，安星与唐一个猛子扎进水里，然后又钻出水面抹一把水看着我们笑，此刻，我仿佛又回到了久违的童年时代。

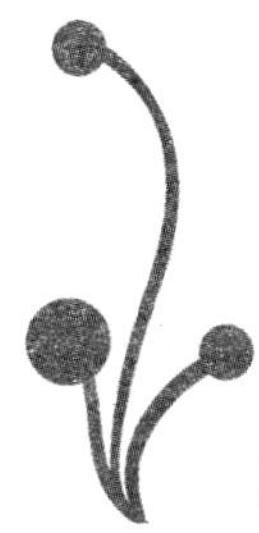

遗落在桃花溪的浪漫

初春的一个傍晚，散淡的阳光落在新年后大街小巷的每一个角落，路旁的冬青树呈现出一种慵懒的美丽。驻足于小河的此岸，遥望着彼岸那一片村落，一个诗意浓郁的地名马上从脑海里跳了出来——“桃花溪”，顿时有了前去寻访一番旧踪的念想。同伴明白了我的心思，见我还在踌躇中，立刻拉上我的手说，别再犹豫了，我们现在走吧。

桃花溪是我用铅笔寥寥勾勒出来的一幅速写，是我珍藏了许多年未曾褪色的一幅图画。

我与同伴上了北门大桥，十来分钟后，就从这边到了那端，一度因拆迁不顺而几乎成为“断桥”的前方，如今已经铺成了一条大路伸向远方；大路两边是一片农田和菜地，阡陌小道，纵横交错。

我们沿着河边一条凹凸不平的路慢慢走过去，转身便是一排溜的人家，多是木板房与砖石楼间杂，看上去高低参差，贫富悬殊。有几户人家的老老少少正在门前忙碌着，扫门庭，挂灯笼，贴对联，言笑之间，不亦乐乎。

毕竟刚从严冬过来，乍暖还寒，四处可见秃枝老藤，衰草枯杨。一淙小溪从河道分支出来，水面零零落落地飘着一些黄叶，是旧年的痕迹，尚未萌生新的生机。当我们行至溪边时，见到一位老人侧身站在连接桃花溪的石拱桥上，他身材魁梧，神色专注，正凝视着前方，若有所思，夕阳将他古铜色的脸染成紫红色。

我们上前与老人打招呼，老人猛可地回过头，友好地与我们说起话来。从对话中得知，他已年近七十，是本地桃花溪人，目前靠卖鱼为生，也种点柑橘和蔬菜，还养了一些鸡鸭。同伴好奇地问，这个地方为什么叫桃花溪呢？原来真有桃花林吗？老人说，以前这里是有一片桃花林的，溪流两岸都是，阳春三月，桃花盛开，红透了半边天呢，蜜蜂、蝴蝶、鸟儿飞来飞去，气象万新，赏心悦目，等到三月末，桃花纷纷飘落，铺在小溪水面，溪水都被染红了，桃花溪因而得名。

我们朝他手指的地方望去，只见一片葱绿。同伴问："那些桃树呢？"老人说："桃树都被砍掉了，现在种的是水杉与红豆杉。"他陪着我们走下桥，与我们边走边聊。同伴问："这里有您自己的地吗？"老人说："有几块是我的。"我问："您老人家也算是地主了吧？新中国成立前你们这里有地主吗？你们家是不是地主？"他笑笑，说："桃花溪有好几家地主，有一家父子新中国成立后都被枪毙了。我们家幸好田不多，划成分时只是佃农。"我为他感到侥幸，说："那确实是幸好，不是地主在新中国成立后省了好多麻烦。您父亲新中国成立后家里出身好，生活应该过得还不错吧？"

老人一听眼里放出光来，说："我父亲那时是个人物呢，他是县上的干部，当时都叫他'肖区委'，相当于现在的副县长级别。"

同伴问："他身上应该有枪吧？"

老人赶紧炫耀地说："嗨，两把枪呢！"

同伴羡慕道："那可真神气啊，您父亲后来应该做大官了？"

老人一听这话，蔫蔫地说：“没，他后来……被组织上处理了。”

“啊？”我有点惊讶，“为什么呢？”

同伴在一旁说：“一定犯错误了吧？”

老人毫无遮掩地说：“他……他是犯了错误，与一个台属好上了，在那个时代可了得，所以……”

同伴饶有兴致地问：“那台属一定很漂亮吧？”

老人说：“嗯，确实很漂亮，两条长辫子拖到屁股后面，甩来甩去的。一个有文化的女人，是一位小学教师，我父亲确实很喜欢她。”

我说：“难怪您父亲什么都不顾了，爱美人不爱官位啊。说起来那位老师当时也很可怜，丈夫去了台湾，等于在家守活寡，遇上您父亲，两个人惺惺相惜，也是彼此的福气，爱就爱了呗，尽管道德上良心上有点说不过去，呵呵。”我想起了最近看过的一部反映福建寡妇村的电视连续剧《孽情》，那么多如花似玉的女子，竟然都傻傻地苦等了赴台丈夫四十年之久！

老人并不介意也不生气，继续说他父亲的故事：“我父亲与台属生了一个女儿，我的妹妹。后来这事被我母亲知道了，很气愤，坚决要求离婚。母亲虽然只是个没文化的乡下女人，但人都是有尊严的，她接受不了自己的丈夫跟别的女人有那样一回事。”

我问：“那后来呢？既然离婚，您父亲与那位老师是不是结合了？”

老人说：“后来嘛，后来我父亲受到处分，被送回到乡下，一段时间后，我父母又复婚了。”

同伴担心地问：“那位老师怎么办呢？另嫁人了吗？”

老人摇摇头说：“老师后来不再结婚，她的女儿，我那个同父异母的妹妹去了北京，据说嫁了个军官，日子过得蛮不错的。”

我在担心那位老师的命运，关切地问：“那么，秦老师现在还健在吗？”

老人说："前几年才去世，北京妹妹回来了，处理完她母亲的后事，还来见了我父亲一面，给了父亲一些钱。之后，再也没与我父亲联系。"

我忍不住又问："您母亲……还健在吧？"

老人沉默了一会，说："母亲也是前几年去世的。"

同伴问："您父母以后的日子过得怎么样？有没有经常吵架？"

老人说："吵呢，经常吵架哦。那件事在我母亲心里留下了消不掉的痕迹。"

我很想转身走回去看看老人的父亲，当我提出这个想法时，老人惊讶地看着我，一脸迷茫。他问我："你想去看看他吗？九十多岁，脑子已经糊涂了，人也认不出，话也听不到。"看来，老人在婉拒我，我不好再坚持了。我问自己，为什么想去看看那位高寿老人呢？同伴见我陷入一种冥想中，一脸纳闷。我知道他们都不理解我，我自己也解释不清到底为什么？或者是想见证一下岁月在一位老人身上留下的沧桑？或者是想认识一位在那个时代有着浪漫故事的人？

我和同伴与老人握握手道别。看一眼老人转身后高大的背影，于暮色中踏上了返归的小路。恍惚之中，英俊高大、威武精神、腰中插了两把盒子枪的前区委不停地在我眼前闪现，而他那位美丽活泼的女教师也拖着两条长辫子笑吟吟地迎面走来。

从桥那边回到桥这头时，听到什么地方传来一阵隐隐约约的歌声，寻找了一番，才看到一个瘸着腿走过来的老人抱着一个音乐盒子，正好是青年歌手胡夏在唱那首缠绵伤感的《伤心童话》，虽然与我今天的感遇不甚吻合，但听起来却也声声入耳：请忘了爱好吗，爱情是伤心的童话／别思念他好吗，我听过太多无聊问答／大雨落，刷掉梦和泪光／我终于明白爱情没有真假……

第六辑　书香气韵

月　影

一个无风的夏夜，然而有月。月寂寞地挂在高空，无眠，听一支古老的琵琶在或长或短、若断若续地弹奏着幽怨。在这样的一个月之夜，整个世界都安然地睡了，唯有我独坐窗前，默默地看着暗白翻卷的浮云在海蓝色的夜空轻轻缓缓地滑过。

我不知道，是不是还有一个寂寞的你，也在和我一起享受月的清辉？

读李白的《月夜独酌》，开篇为“花间一壶酒，独酌无相亲。举杯邀明月，对影成三人”。诗人登场时，背景是花间，道具是一壶酒，角色只是他一人，如何就有了三人之说呢？而且月到底有没有影？是月本身的影还是他物的影啊？每每读之，便生出许多的困惑。可今晚的这个时候，在这个月光如水且分外安静的夜里，我忽然感觉自己似乎很容易地进入李白诗中的意境了：在一个人存在的单调而寂寥的场合，是诗人突发奇想，借助丰富的想象把天边的明月、月光下自己的影子拉了过来，连同自己一起，幻化成了笔下的“三人”，使得那样冷冷清清的场面竟如何地热闹了起来。

按此说来，那影子就不是月的影子了，月本身是没有影子的，月的光明还要依赖太阳的光辉，月只能映照万物，让万物在它的朗照下生出影来。于是，月怎么会是孤独的呢，因为整个世界都在她的辉映之下，甚至可以说是属于她的了。

在这个有月的夜里，我自然地想起了你来。你也在月下有了影吗？你是不是也在举杯独饮呢？千万不要烦闷，我的朋友，让我来陪你小饮片刻。

我是月吗？我是影吗？我是我自己吗？

我不是月吗？我不是影吗？我不是我自己吗？

“月既不解饮，影徒随我身”。尽管诗人那样盛情地“举杯邀明月”，但明月毕竟是“不解饮”的，而影子也不会喝酒，那又该如何是好呢？“暂伴月将影，行乐及时春”，姑且暂时将明月和身影做伴，及时行乐，在这样的美好时刻，岂能够辜负了春暖花开的良辰美景啊！

我和你同在这月的辉映之下。月亮照着你，也照着我，你的影子被摄入月亮，我在月亮的阴影里也发现了一个你。是不是月能让你成影，而你的影也能够入月呢？苏东坡不是也曾经猜测过月亮上的黑斑是山的阴影吗？月亮是我们心灵感应的磁场，也许我们相距万里，也许我们近在咫尺，但我相信，如果我是月儿的话，我的影子里一定会有你，你的影子里有我。

李白到后来显然又已经渐入醉乡了，幻觉中“我歌月徘徊，我舞影凌乱”，歌时月色徘徊，依依不去，好像在倾听佳音；舞时自己的身影，在月光之下，也转动凌乱，似与自己共舞。月光和身影对“我”竟然是那样地一往情深！于是，诗人对月和身影也默默相约“永结无情游，相期邈云汉”，月和影毕竟是无情之物，把无情之物结为交游实在是因为诗人自己有情——试想一个人孤独到了邀月和影对饮那该是怎样的一种孤独啊！无言，无语，无伤，无痛……以后的日子又会怎么样呢？也许仍旧找不到可以对饮的人，那就只好与月和影永远结伴，相见相伴超然于世外的仙境了。

今夜月色真好，银色的光辉洒满了整个世界。我仿佛又看见了你那熟悉的影子，你是否也看见了我呢？

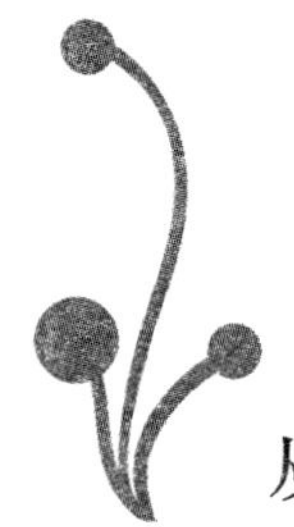

从“犬儒主义”想到的

有时喜欢读点闲书，一日翻阅《魔鬼词典》时，见有一词条为“犬儒主义”，扫了几眼后觉得颇有意味，脑子里便记下了这一印象。原来古希腊时代人类就有了以狗命名的哲学即“犬儒主义”，创始人为古希腊哲学家苏格拉底的弟子狄奥尼根。在他看来，我们人类其实并不见得比狗聪明，那是因为狗比人活得简单、快乐，所谓赤条条来去无牵挂。

随着人类物质文明的不断发展，人们的精神生活似乎有时陷入一种相反的走向。远在那个时代的狄奥尼根就认为，在社会中生活，是财富蒙住了人的眼睛，是宗教腐蚀了人的心灵，是技术使人丧失了本性，因此他情愿摒弃文明生活，决心像狗一样地生活下去。有史料记载说狄奥尼根曾经裹着一条破垫住在山顶上的一个木桶里，过着狗一样的简单生活。据说亚历山大大帝曾慕名拜访过他，当问及他需要什么恩赐时，狄奥尼根只是简单地说了一句：“请别挡住我的阳光。”狄奥根尼这样弃绝文明的欢乐听起来或许有点偏激，但他并不是像世人所指责的那样是“玩世不恭”，相反可以说他是真挚而热情的，因为他追求的是德行，是从欲望之下解放出来的道德自由，他用苦行实践自己的学说的事实可以证明这点，在这种意义上，甚至可以称他为圣者。犬儒主义者们以特立独行的方式向人类文明提出挑战，尽管他们对人类的愚昧与可笑之处常常是嬉笑怒骂，但他们的骨子里却蕴含有几分对人类的温情。

在古今中外的历史上，曾经有过很多落拓不羁、保持本真的形形色色的人物，思想家固然有自己高深的哲学理论，这些理论能够帮助人们如何从较高的层次去了解他们的理念。但更容易让人接受的是他们那有点“另类”的生活方式，就像上面说到的狄奥尼根等。那么，真正最能够直接进入人的视野和心灵的当推艺术家们的各类作品了。

如被称为后期印象派的荷兰画家凡·高在他的作品中总是直率地表现出炽烈而躁动不安的情绪，以及他一生对太阳的追求。在他的《星空》和《葵花》中，我们可以感受到被强烈的夸张、变形了的物体，如何充溢着、渗透着画家痛苦、孤独、迷茫和内心呼喊的感情。向日葵是凡·高生命之火的象征，他于1888年作的静物画《葵花》，从它色调、布局、瓶花的特定形线构成，都显示画家对自然、生命、人生的独特情感的体验，传达出一种既热烈又悲伤、既躁动又孤寂的心理情绪。它的艺术语言的鲜明性与模糊性；它那以黄色为基调的有意味的形式，具有充分的暗示性，召唤欣赏者的审美想象；欣赏者把他沉甸甸的花盘以及各个花盘周围伸展着又扭曲着的花瓣，想象成为一种充溢着张力的新生命，它正在那凋残痛苦的旧生命中诞生，不是没有根据的。或者，将那一盘盘葵花在俯仰张弛之间呈现的力的挣扎，想象成为沉默的、又欲呼喊的人像，也不是没有根据的。

再说到卡夫卡的小说《城堡》，作品向我们展示了一种极为残酷的现实：作品中的主人公越努力，他们离目标越远。而且，他们不知道这不幸来自哪里，他们就在这荒诞离奇的世界中不停地努力着，企图掌握自己的命运，结果适得其反，他们失败了，然而真理依然存在。卡夫卡笔下的城堡，绝不是一般意义上的城堡，它近在咫尺，却又远在天边，他是一个实体，却又是一个影子，可望而不可即。它是一种无可名状的存在，是海市蜃楼，象征着一种不可企及的目标。于是作者企图在作品中流露的一种无奈甚至绝望的情绪就非常鲜明地凸现出来了。

中国历史上有很多的文化人被称为“怪物”，文人中有“怪儒”，画家中有“画怪”，侠士中有“怪侠”，佛门之地有“怪僧”。他们却宁愿以另一个词自诩，这就是“狷”。“狷”的里头，含有“怪”意，但重心在于耿直、倔强，不肯同流合污。当它跟“介”字连在一起时，让人联想到骨头特别硬的那种人；若跟“狂”并用，意思则偏于“恃才傲物”了。说“硬”也好，说“傲”也罢，自古以来都是中国文人特别看重的品格，尽管表现方式因人而异。比如，屈原，他身上的那种“世上皆醉我独醒，世事皆浊我独清”的狷性，是通过绝尘赴死的刚烈方式表现出来的；嵇康拒绝与司马氏合作，故以酣饮和故作旷达来逃避迫害，最终郁郁以终；陶渊明与现实不合作、不妥协，却归结于“问君何能尔，心远地自偏”的冲淡；李白的狷可能是另外一种风格，一种天马行空、蔑视权贵、嬉笑人间，乘醉要皇帝的红人高力士为他脱靴的风格。这种种的狷，在我们今天看来，真的很爽，不由得想连呼几声口号：痛快！痛快！

当红女作家池莉的小说母题就是烦恼人生。是啊，我们在这滚滚红尘中生活，似乎觉得是潘多拉的匣子被打开了，总感到人生充满了无尽的烦恼、无尽的忧伤，有那么多的痛苦和无奈让我们去品尝。其实，我们为什么不可以让自己快乐和开心一些呢？我有时候就在想，因为我们是社会中的人了，我们必须面对很多很实际、很现实的问题。猫儿、狗儿、小鸟为什么比我们快乐简单呢？因为它们没有社会的属性，只有自然属性。小孩子为什么也比我们快乐呢？也就是因为他们较多的只有自然属性。

人生是丰富而多彩的，然而也是艰难而烦恼的。在当下这个霓虹闪烁、高楼林立、物欲横流、人心不古的高度文明社会，浮华的外表下面确实掩盖了许多的痛苦和不安。尽管有类似“犬儒主义”和“怪”“狷”等在诱惑着人们去摒弃现代文明，隔绝于现代生活，但我个人认为保持自己纯正的本心固然重要，然而完全与世隔绝，与社会脱节，蜷缩于“犬儒主义”的木桶里并不是我们可取的生活态度和行为方式。

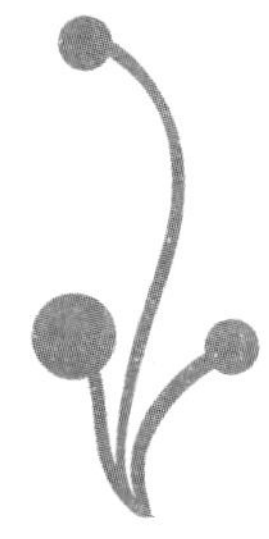

“失语症”的意味

前段时间连续好些天都是阴雨绵绵，心也犹如天气一样掉在寒冷和潮湿里了，从窗口看出去都是灰蒙蒙的，日光被随意地丢弃在地上，那条走惯了的路似乎也望不到尽头。

趁着这样的天气难得出门便潜心读了好几本书，印象最深的有周国平先生的《安静》，对其中的《在失语和言说之间》一篇颇有感触。周先生在文中评一位叫苗强的诗人，尽管苗强本人感觉“对我来说，失语症和语言炼金术构成了语言对立的两极”，但周国平则以为“失语症”使作者更加明白了语言的价值：“那些与事物一一对应的词语都被一一瓦解。因此事物太孤单，不真实。”

放下书本再抬头望天，怎么感觉这“失语症”好像天边的那团浓云？风也拂它不开吗？并且沉重地压到心里来了，阴郁得似乎很难说出一句话来。我在想这“失语”的确切含义到底是什么呢？“失语症”又到底是一种什么样的表现呢？

依照周国平的理解和诠释，他确切地认为：“诗人并不生活在声色犬马的现实世界里，他在这个世界里是一个异乡人和梦游者，他真正的生活场所是他的内心世界，他孜孜不倦地追求着某种他相信是更本质也是更真实的东西，这种东西在现成的语言中没有对应之物，因此他必然常常处于失语的状态。”依照这种说法，我们的读者会不会认为作者是带有一种唯心的观点呢？难道一个生活在现实世界的人真能够弃红尘于不顾而独享他的精神世界吗？在我们质疑的同时，你又不能不被作者所征服：“可是，他不能梦游对应之物，而语言是唯一的手段，他只能够用语言来追寻和接近这种东西。所以，他又必须迷恋语言炼金术，试图自己炼制出一种会用的语言。”从这个意义来理解，诗人每每写一首他自己满意的诗，都是一次次从“失语症”中的恢复，是从失语走向言说的一次成功突进。

周国平先生是哲学专业出身的，他的文字中总能够透露出对于人生颇有感悟的哲理，而且事实上，他是一个喜欢保持自我、保持内心独立的作家，他希望“为自己的心灵保留一个自由的空间，一种内在的自由和悠闲”。了解了这一点，或许我们就不难理解为什么他要站在如此的角度来剖析诗人苗强的作品了。

从周先生的文字中我突然感到有所悟了，并且疑心起自己是不是也处在失语的边缘状态之中呢？我想人大概都会出现失语现象的，为什么要这么说？因为很多人都生活在自己的精神世界里，甚至试图在心理上颠覆自己那看得见、摸得着的现实生活而又苦于没有合适的语言，因而没有像周先生那样明晰地说出来或写出来罢了。难道不是吗？最近由于天气的影响，我总感觉处在一种徘徊在十字路口犹豫不决的状况之中，有痛苦也有亢奋，有沉沦也有挣扎，有失望也有希望，有雨天也有晴天。一方面想尽力将自己从深水里拉上岸来，另一方面又因险些“呛水”而无法自拔。“欲想人救之，必先自救之”，上帝救不了我，唯有自己了。深知这个道理，却又执迷不悟，何其无奈？

在周国平先生的文字中流连了好大一阵工夫之后，怎么感觉眼前明亮了起来？抬眼看看天，原来已经放晴了，冬日的阳光好是温煦，那片枯败了枝叶的树林也顿时精神了起来，难道仅仅是我精神上一种过于自我的感觉吗？不，太阳是真的出来了，而且是那样地炽烈。

目前的心态渐渐归于平和，一切原来不想看、不愿意看的如今已经是熟视无睹了，基本上保持了内心的空明澄净。这何尝不是一种内心的修炼？正合了诗人苗强和作家周国平那样“保持自我、保持内心”的追求。看来人生的大起大落我早就经过了一些，失去至亲的悲痛也已体验，以后还会有什么跨不过去的沟沟坎坎呢？

经常徘徊在何去何从的十字路口，经常处在失语的状态之中，需要不断地督促自己，选定好目标，看准要走的路，还须时时坚定自己的念头。在一个寒冷的冬日读了周国平先生的文字，阴郁了多日的我茅塞顿开，看来“失语症”的意味最重要的应该不是其他的什么，而在于如何保持一种自我独立的精神。

说“痴”

认真说起来世界上的“痴人”很多，甚至有些“痴人”作践得别人啼笑皆非。更有将“痴”和“呆”放在一起理解的，如老年人中容易患的一种病就叫作“痴呆症”，从这种意义来看似乎就是憨憨傻傻的样子了。

难道就只能够从贬义上来理解这“痴”了吗？为了搞清楚其真正含义，我查了下词典，解释为：其一，傻，愚笨；其二，极度迷恋某人或某种事物；其三，由于某种事物影响变傻了的。

从以上看来，三种意义的解释还只有第二种带有褒义。于是，我想到林语堂曾经说过：“一点痴性，人人都有，或痴于一个女人，或痴于太空学，或痴于钓鱼。痴表示对一件事的专一，痴使人废寝忘食，人必有痴，而后有成。”应该说这是符合第二种意义的。

蒲松龄的《聊斋志异》中有一篇《阿宝》，里面写了一个情痴阿宝，因恋上一个女子而灵魂出窍。最后，作者借异史氏的话说：“性痴则其志凝，故书痴者文必工，艺痴者技必良；世之落拓而无成者，皆自谓不痴者也。”此言极富哲理，看来凡事只要痴心和执着，事情就有可能成功。

对人对事都有痴者，历史上还有一类读书人被称为“书痴”。据载明代嘉靖年间的进士朱大韶，舍得用一座田庄和他最喜欢的美婢去换取一部宋刊本《后汉书》，最后却又因为思念美婢而死；清朝乾隆年间的黄丕烈，每得到一部好书，就绘图征诗，又喜每年除夕，要好友到他的“读书见书斋”或“士礼居”，以清茶蔬果祭书，并请人绘图记其事，以上真乃两个地道的“书痴”了！到了我们的当代社会，生活节奏变得很快，大多必须日夜奔波忙于谋生挣钱，能有闲心做“书痴”的堪称凤毛麟角，但是，爱书的还是很多，在时尚的家居中，书房已成为很多人修身养性的地方，其中也不乏附庸风雅装饰门面，很难与古代那些清雅闲逸的“书痴”相比了。

看来，不管是情痴、书痴还是什么别的痴，真正做得到迷恋而执着，在争取的过程中不轻言放弃，我想再难的事也有成功的八成希望。套句说俗了的话：世上无难事，只怕有心人。如果你能够想到你现在最需要得到的是什么，然后坚持而执着地去努力，没准儿，“痴人”天佑呢！

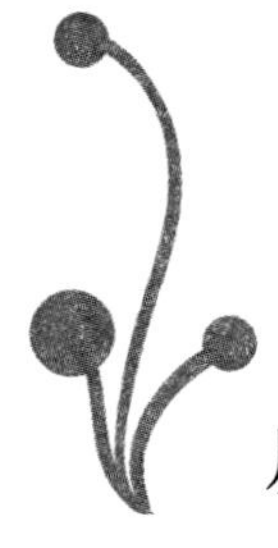

从《词语》说到词语

读萨特谈何容易，须有相当的定力和耐心，还要有蚂蚁啃骨头的精神，这块“骨头”实在是太大也太硬了。我最早读到的是一本名为《萨特》的小册子，译序里有这么一句：“作为译者，我愿意坦率地谈出自己的忧虑：或许只有半数左右的读者能够坚持把它读完。”当时我很不服输地在这句话的空白处写了一句：“我决心读完。”之后，在读的过程中，我不时地在书中用红蓝笔做了一些记号，或标示重点、要点的波浪线；或存在疑问的问号、叹号；或用文字及时记下自己的心得。现在翻出来一看，这本书的阅读过程还真的很热闹呢。

之后，又陆陆续续地接触过与萨特有关的一些文字，记得那时很想读到他的经典名著《存在与虚无》，趁着去上海开会的机会跑到书店去寻到了，厚厚的一本，同时还抱回一堆包括弗洛伊德、尼采等人的专著。尽管女性并不擅长理性思维，面对这些哲学的东西尽可以退避三舍，但我想只要是人类的精神家园，我们还是有必要至少在门口觑一眼稍作了解的。在这里顺便提及的是，说到萨特，必定要提及他的终身伴侣西蒙娜·波伏娃，他们两人的奇特交往和结合，也是人类史上一段旷古的奇缘。所以，不管从哪方面来说，萨特的世界是一座神秘的宝库，你可以在里边探寻到很多宝物。

存在主义哲学家萨特除著有《存在与虚无》《论自我的超越性》《想象》《情感理论初探》《想象心理学》《唯物主义与革命》和《方法问题》等一大批影响世界的哲学巨作外，还倾心创作了为数不少的文学作品，有小说、随感、剧本和传记，其中最为重要的是长篇小说《恶心》和童年自传《词语》。当我们阅读《恶心》这部小说时，尽管面对一位卓越的哲学家略嫌深奥和艰涩的叙述，通篇考察的是世界与人们对它的表达方式之间的各种关系和差异，但你又不得不感慨万分地承认，相形之下，《恶心》使同类作品的小说家们黯然失色。1996 年，湖南作家韩少功出版了一部长篇小说《马桥词典》，他按照词典的形式从一划开始，收录了一个虚构的村庄马桥流传的 115 个词条，小说以这些词条为引子，讲述了古往今来一个个丰富生动的故事，引人入胜，回味无穷。评论者说："韩少功用词典构造了马桥的文化和历史，使读者在享受到小说的巨大魅力时，领略到每个词语和词条后面的历史、贫困、奋斗和文明，看到了中国的'马桥'、世界的中国。"我不禁对此产生联想，韩氏之所以考虑到要用"词典"来构思小说，是不是也像萨氏那样清晰地意识到词语的巨大魔力和作用呢？

还是让我们转回到萨特的《恶心》这里来吧。在他的这部日记体长篇小说中，语言和实际存在的不协调明显地暴露出来了。真实的世界一方面超出语言可说的范围，另一方面又预示出语言哲学的荒谬性。在萨特那里，甚至树都不是"它们所是之物"，因为它同所有的名称标签一样，无法贴切地表达那棵枝叶繁茂、茁壮生长的实在物，也就是说，像树这样的实在物是存在的，而一旦用语言表达即显得虚无了。小说里面有这样直白的句子："现在真实的本性暴露出来了，它就是存在的东西，而任何不是现在的东西都不存在。”

既然萨特认为在真实的存在面前，语言都是虚妄的，那么，我们有必要粗线条地了解下他这种哲学思考和观点形成的后台背景。当然，从哲学、政治、文学、历史、伦理等方面对其加以研究和分析是最为全面和准确的，倘若希望尽快地接近我们的主题，我想在这里推出他的另一部重要作品是很有意义的。这就是他的童年自传《词语》。在《恶心》一书译本的序言中，译者潘培庆先生这样评价说：“萨特在《词语》中为我们研究他提供了一个极好的范例，即通过词语来研究他。因为他的整个一生正是在词语的环境中，在与词语打交道的过程中度过的。”读过《词语》之后即可知道，萨特开始是对词语的惊奇，继而是对词语的征服，然后发展到对词语的崇拜，并将之确立为自己的上帝。当他有一天突然发现了自己的“文学神经症”后，他又抛弃了作为上帝的词语，恢复了事物的本来面目。

萨特最初对词语的顶礼膜拜不是没有缘由的，他幼年丧父，不得不寄居在他的外祖父家，他的童年是在身为语言教师的外祖父身边度过的。外祖父家有着丰富的藏书，萨特从小在书中结识了很多的人类精神文化大师，他很早就与词语这些人类文化的符号邂逅，从此与词语结下了不解之缘。整日里与词语为伴曾经一度使他萌发了柏拉图的唯心主义，认为词语的世界才是真正的存在，而现实世界只是词语世界的“摹本”。他在词语中找到了他所需要的一切：必然性、永恒、存在的理由。靠着词语，萨特忘却了孤独，忘却了空虚。借助于词语，通过写作，萨特似乎找到了自己一生的幸福。然而，始料未及的是，到最后，萨特感觉到词语世界尽管那么诱人，那么丰富多彩，在活生生的现实世界面前，它却大为逊色。他终于认清了词语的实质，认清了他之所以选择写作，奉词语为上帝实在是迫不得已“为摆脱现实中的困境而创造出来的一条‘明修栈道，暗度陈仓’的计谋”。认清了由词语而来的诡计之后，萨特心中的上帝坍塌了，出现了严重的信仰危机，过去的神话一旦破灭，词语的魔力行将结束。萨特在《词语》一书中对他自己的过去做了一次彻底的清算。

我们可以这样来看，萨特既是一位大富翁，因为他用词语为人类建造了一座金碧辉煌的精神与文化宫殿；但他又是一位无产者，因为除了词语，他别无所长、一无所有。

现在我们应当从萨特那里走回来了。对于这位哲学大师的了解我自认为还远远不够，唯恐在语言和词语的运用上造成某些歧义。但他关于词语和现实的描绘和理解在我的心灵深处却产生了很大的冲击，从而也让我陷入了类似二律背反的矛盾之中。以我的理解，词语固然重要，但客观存在更为真实。词语像闪耀着光芒的日月星辰，它们照亮了幽暗的森林，照亮了我们的心灵深处，照亮了每一个平庸的日子，让我们对这个现实世界充满热望和期待，萌生一种去探究、去把握的冲动；然而词语有时候也如妖魔一般，满面春风、笑意灿烂，却暗藏毒箭，它可以蛊惑你、引诱你、欺骗你、伤害你，最后置你于死地。所以，在经历过词语造成的某种劫难之后，我们势必会变得越来越清醒、越来越明智，我们更愿意接近那位睿智的萨特，更容易相信客观事实的存在，而不是那些虚妄的语言和词语。

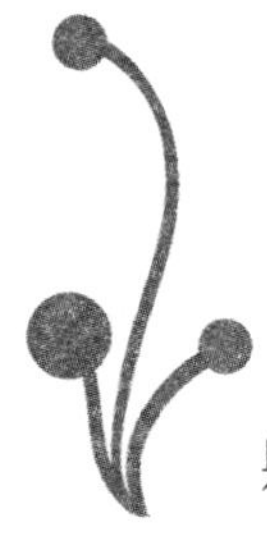

躺在你的孤独里静听风声

你走了，马尔克斯，一个寻常的日子，你永远离开了这个世界，离开了你曾经的孤独……

你那本传世的书，《百年孤独》，此刻安静地躺在我的书柜里。不知道有多少个日子没去翻动它了，蒙上了薄薄的灰尘，微风轻拂，灰尘四处逃逸。遥想那一年，我第一次知道了你的书，但我并不经意你的名字、你的国度、你的年龄。我想我知不知道这些对于你来说并不重要，你是永恒的，你是属于全人类的，我懂得你的孤独，世纪的孤独，这种孤独也是人类所共有的。

你特有的孤独，在全世界每一个角落里行走。紧随你孤独的身影，我在你泛黄的书卷里穿行。可不可以这样问一问，你的孤独源于何时？你的孤独会像卡夫卡的孤独那样可怕吗？卡夫卡由对孤独的被动承受到对孤独的主动追求，他曾经决绝地说："我将不顾一切地与所有人隔绝，与所有人敌对，不同任何人讲话。"这样的一种孤独颇令人感到害怕，尽管在他看来，"孤独不仅是传统观念中所理解的需要逃避的一种内心体验，而且是现代生命追求的心灵境界”。我不相信你的孤独会是这样，只是你后来功成名就了，光环那么强烈地罩在你头顶，而你却拒绝一切热闹，自甘冷清，自甘寂寞，自甘孤独。

循着你走过来的路，我企图找到你孤独的影子，是从孩提时候开始的吗？你与外祖父、外祖母两位老人生活在一起，或许你是孤独的，但你却是一个喜欢探寻事物的孩子，有一天，你竟然对冰块发生了兴趣，你对你的外祖父说：“能不能带我去看看冰块？我还从未见过冰块呢！”看到你眼睛那样清亮，充满了强烈的求知欲，外祖父马上应允，带你去了香蕉公司的仓库，于是，你生平第一次看到了冰块。

说到这里，让我记起了一个下午，记起了一堆冰块，记起了一位上校，也记起了《百年孤独》那段经典的开头，曾几何时，我对这一段咀嚼再三、倒背如流，很多场合在朋友们面前朗诵：“多年以后，当奥雷连诺上校站在行刑队面前的时候，他会想起他的父亲带他参观冰块的那个遥远的下午，那时候，马孔多还是一个小镇……”原来，生活的原貌成为你构思小说的蓝本和源头。孰料，这本书的写作自从你动笔开始，整整写了十五年！

1982 年，你的孤独走到了前台，走到了辉煌的聚光灯下，走到了铺满鲜花的世界大道。不计其数的人向你欢呼，他们为你精巧的构思、罕见的想象、超群的表述震惊了。你的叙事语调独特，质朴本真，也绝少故作深沉的铺垫，常常长驱直入，切入主题。从内容到形式都处理得十分恰当，让人感觉厚重荒诞。很多人为你笔下那个神奇而魔幻的马孔多小镇而迷惑了。从此，你不再孤独了吧？你的名字在世界的上空飘来飘去，在很多人的口里传来传去，与你神交的人遍及五大洲、四大洋。

可是，你并不喜欢热闹，不喜欢记者采访，不喜欢被人邀请讲座，不喜欢与人争个高下……你仍然喜欢一个人安静地坐在书房，点上一支烟，默默地构想你的故事，你的人物。你说，只要书房里安静无声、光线明朗、暖气充足，你就可以安心写作了。

这些话，让我感慨良多。文学创作，你取得了巨大的成功，你已经站在高山之巅了，可你却如此淡然，如此安静，殊不知世上很多人甫一取得点成绩，就会头重脚轻，高调张扬，甚至自恋张狂。

博尔赫斯曾评价《百年孤独》是一部最能体现西班牙浪漫主义色彩的书，通篇故事中几乎没有爱情，却体现得浪漫温暖。细细想来，正是你的这种孤独造就了这种浪漫。孤独并不是可耻的、需要摒弃和践踏的，书中每一个人经过的挣扎，最终都在孤独里找到了依靠，对于他们来说，这比爱情更为可亲；对于他们来说，除了孤独，没有什么是永恒的；对于他们来说，百年的孤独造就了千年的孤独。

马尔克斯，你突然走了，突然离开了你心爱的书房，突然离开了你钟爱的孤独。我不知道，在未来的日子里，你的孤独会不会继续向这个世界敞开胸怀？但我想我会于每一个清晨、每一个黄昏、每一个夜晚，寻觅你孤独的气息，安静地躺在你的孤独里，聆听遥远的风声……

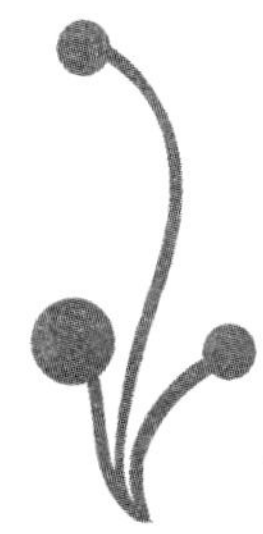

读“白雨”之悬疑

之所以想来说说《白雨》，源于那天意外地见到了《白雨》的作者姜贻斌先生。阿梅邀我一起去接他来参加我们的读书活动时，一路上饶有兴致地向我介绍起他来：“一个最有意思最有味道的老头，我们都叫他姜哆哆，说话一股子邪劲，好好玩的呢！”从阿梅一边开车一边说话的神情中，看得出她对这位姜哆哆充满景仰与敬意。见到姜贻斌先生之后，他的率真、风趣、机敏，一一印证了阿梅的评价。

十几年前，我在一次会议上得到了一套小说集丛书，几位作者中有我熟悉的著名作家韩少功、钟铁夫等。其中有姜贻斌的一部小说集，名曰《白雨》，当时感觉极富意境和想象。闻着新书的墨香味，我利用闲暇翻阅了这几本书，也粗粗地浏览了《白雨》。因为没时间细看，所以谈不上印象如何深刻。回家后因为事多，这套书基本上就躺在我的书柜里了。

这个周末因为一项工作的需要，整整两天时间坐着恭候“八面来风”。偶有闲暇，掏出这本几乎尘封的《白雨》，迫不及待地翻阅起来。《白雨》是一本小说集，共收进了姜贻斌的小说二十篇。姜贻斌为什么要用“白雨”一篇作为书名呢？我想这篇恐怕最能够代表他小说的风格与水准吧？

读过几页后，我的情绪渐渐高涨，觉得姜贻斌的小说与苏童的小说有某种相似之处，而苏童的小说是我一直感兴趣的。张学昕评论说：“在苏童的小说创作中，他仿佛一次次地‘回家’，回到‘过去’，回到记忆，回到生活本身，也回到想象的天空。有时又如同一次次远足旅行，在写作中被人物或故事牵引着做陌生而神秘的游历，进行着一次次精神的还乡。”看来姜、苏的小说有异曲同工之妙了。

《白雨》一开头便营造了贯穿始终的神秘氛围：“天空这时就飘洒起细细的雨来，像满世界抖开了白色缥缥缈缈的纱幔。没有一点声音。原本充斥于高沙镇上的喧闹之声就陡地减去了许多，似被那漫天的白纱无声无息地一网罩了去。整个镇子也变得朦朦胧胧起来，似真似幻。”“白雨”在全篇中无非是个谜面，一场又一场超乎异常的白雨，奇特诡异的白雨，扑朔迷离的白雨，这样的雨建构出一种引人入胜的情景，在这样极富审美意趣的情景中，生活于高沙镇的人物该如何粉墨登场呢？作者似乎为他们设好了一个一个的套。

主人公匡老板匡富生率先出场。此刻，他坐在店铺的柜台后面，脸色阴沉，“稀疏的眉毛开始皱成十分糟糕的一团”。店员七桂很诧异，心想，老板是病了吗？老板没病，只是“怔怔地望着街上被白色细雨笼罩着的世界，半天才回过神来”。匡富生为什么看到白雨会有如此反应呢？小说引领读者一步步进入特定的环境，关注故事的发展和人物的活动。

紧接着，小说的女主人公开始出场，她是匡富生的第三任妻子香月。这香月与白雨有关系吗？有。小说写道：“自从去年把香月娶进屋以后，匡富生就开始发现这白雨是一种令人不痛快的东西了，心情也随之沉甸甸的。”为什么呢？因为香月每次看到天空落下白雨，就会默默独坐在楼上窗口边，而且会脱下喜欢的红色旗袍，换上一套白色衣裤。更让匡富生不解的是，在落白雨的三四天里，香月在夜里不准匡富生碰她，甚至连白衣裤也不脱，“和衣默默无语侧身睡着，将腰背冷冷地对着他，也不管如何的一落千丈地冷落自己的男人”。

小说就这样巧妙地为读者制造出一种悬念，读到这里，我们不明白香月何以如此？不知道匡富生会怎么对待香月？文本大大激发了读者想象的空间，迫不及待地读下去以求找到真正的原因。然而，读到最后，作家并没有为读者提供答案，香月对白雨反应如此敏锐，情绪如此忧郁，难道是因为一个什么隐在后面的人吗？会是什么人呢？徐家大公子？为什么匡富生看到香月漂亮的眸子里散发出除忧郁的神色外，还有另一种类似要做某种事情的欲望之光？香月眼睛里射出另一种光芒的意义和实质到底是什么呢？

我们看到，香月自己要独自出门了。匡富生不好问，也不好拦，他害怕这个比他小了二十一岁的漂亮老婆哪一天受不了自己的淫威会像他的两个前妻一样离他远去。匡富生决定暗地里对香月的去向与行动弄个水落石出。然而，他找不到她，跑了她常常去的好几个地方，都不见人影。她会去哪里呢？随着故事情节的推进，作者到结尾都没有告诉读者答案，有一定阅读经验的读者只能够根据作者交代的一些场景与蛛丝马迹推理判断。在整个被白雨与夜色笼罩的小镇上，匡富生找到了徐大少爷藏身之处，他听到徐大少爷与一个女人苟合交欢的声音，那女人会是谁呢？是香月吗？像香月，又不像香月。

被无数次否定和肯定互相冲撞的匡富生一个人在黑暗的小巷里走着，他痛苦不堪，看看天上，不免咬牙切齿地骂道，这该死的白雨！直到他遇见李太太，从李太太口里终于知道香月去了月塔看白雨，他才强打精神一步一步朝月塔奔去。可是在漆黑的月塔上，匡富生什么也没有看到，等到他万分懊丧地回到家里时，意外地看到妻子香月正和衣安静地躺在床上。正想了解个中缘由，小说到这里却戛然而止。

到底是怎么回事呢？作者十分吝啬墨水，一直不肯给出答案，作为悬疑，留给读者一片苍茫的回味与想象。我以为这恰好是作者的高明之处。司空图评价好的作品是“不着一字，尽得风流”，此之谓也！我喜欢高沙镇这一场又一场白雨，喜欢作者在小说中营造的特定氛围，喜欢小说中人物貌似屏声敛气、实则剑拔弩张的表演，喜欢这种读过之后还会咀嚼再三的阅读体验。

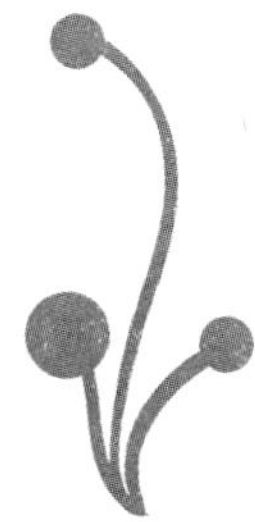

思维的零部件

思维是个看不见、摸不着的东西。一般说来，思维讲究逻辑性与严谨性，然而思维不全是长篇大论，不会很连贯，很多时候思维像机器的零部件，一块，一条，一坨，一颗，一粒，一丝……零件可以组装成机器，机器也可以拆卸成零件。

如果你正在思考一个严肃的问题，说不定天气或风景变化——雨丝风片，天光云影，思绪瞬间会支离破碎。按说那叫分神吧？所以，我们经常会碰到这样的怪事，一个人说话好端端的，突然间愣住了，傻傻地盯着别人的脸问：咦，我刚才说到哪儿了？我到底说了些什么呢？

真是奇了怪了，你的思维别人能控制吗？天地阔达，谁知道你的思维到底在哪里短路，在哪里歇息呢？思维就是这样，一棵一棵的树，组成一座森林；一朵一朵的花，缀成一座花园；一间一间的房子，合成一个大院；一滴一滴的水，汇成汪洋恣肆的江河湖泊。

或许，一个人只要活着，只要不是白痴，每天都在思考之中的，大到国际国内，政治军事，财经时评；小到家长里短，酱醋油盐，衣食住行。或独自思考，或与人交谈，倘若不写成文章，思维很可能呈跳跃的、零碎的、发散的。群体交谈过程中，大家兴致勃勃的，中间只要有一人换了话题，正在进行中的议题马上中断，集体思维进入下一个框架，所谓的“节外生枝”。到后来，这“节外生枝”又成为另一段思维。

我在痴想，一个人，一小时会思考多少事？一天会思考多少事？一个月会思考多少事？一年会思考多少事？一辈子会思考多少事？有人算过账吗？算得过来吗？我不相信世界上真有这样精明精细的人。对，绝对不会有！如若真有人想算算的话，难道不会给自己添乱吗？

茫然算不算思维呢？感觉应该也算吧？比如，一幅国画中有山有水，有虫有鸟，也有留白，留白给人以无限的想象空间。任何事物，塞满的感觉总是不怎么好，人都是喜欢开阔疏朗的，住房子也希望除必需的家具外，剩余的空间大一点。所以，茫然也是一种很自然的思维状态，说不定茫然者正处在一种严峻的选择中，而选择往往是一种痛苦的事情，甚或有着冒险的可能。很多人在选择面前不知所措，这话说起来有点耸人听闻，言过其实，但事实上每个人面对选择，都是十分慎重严肃的。殊不知先哲们早就告诫过，不可轻率，轻率是失败的祸根。故而，凡事要三思而后行啊！

走笔至此，我在笑自己了，冷不丁怎么说起这个话题来？又是一番自言自语，莫名其妙。我也承认，是突发奇想吧，大概就是觉得人怎么总不能安静，喜欢七想八想，胡思乱想，思维无法连贯，时而天上，时而地下；时而来风，时而下雨。做着事兀然地想些什么呢？

安静地坐着，有点漫不经心，为自己找不到自言自语的理由，多少有些懊恼。随手翻开读了很多遍的马可·奥勒留的《沉思录》，一下子恍然大悟，原来那么厚厚的一本书，竟然也是作者将自己不连贯的思维用文字记写下来的一种“原生态”。“译者前言”中说道：“《沉思录》是写给自己的，而不是供出版的，而且，这里是自己在同自己对话……有时候话没说完又想到别处。”大凡人在任何问题上感到纠结、不安、挣扎，也许都能够在这本书中找到一点安慰。从形式上看，《沉思录》的排版也非整篇，而是一小段一小段的，每一小段都是作者对生活、对人生的一种哲思与感慨，更加印证了我以上提及的思维常常呈“零碎”状态的观点是可以成立的。

临了，我想顺便引用一句马可·奥勒留《沉思录》中的一句话：“当你十分烦恼或悲伤时，想一下人的生命只是一瞬，我们都很快就要死去。”对于时常为一些不如意事感到烦恼的人来说，总会有一些启迪作用吧？人生苦短，得失天定，莫如善待自己，珍惜人生，享受当下的快乐，充实地过好每一天。

绝世之爱

那一年，他们正当年华，不早也不晚，两个人相遇了，在最合适的时间、最合适的场合。

彼此已经等了一万年吧？也许……

他们，钱钟书与杨绛，一对璧人，才子才女，相遇了，相恋了，相爱了。

造物主就是如此神奇，人海茫茫，偏偏怎么就他和她呢？故此，我或许更愿意相信一见钟情的爱情，电光火石，烈火干柴，从未有过平淡，一遇就是激情，还不信誓旦旦、海枯石烂又如何？可谓“历经沧海难为水，除却巫山不是云”。

他们走到了一起。以后的日子，彼此长驻于对方心里，既要面对柴米油盐酱醋茶的现实生活，更要享受“何当共剪西窗烛，却话巴山夜雨时”的诗意人生。两位书人，志趣相投，夫唱妇随，那些年里，他们风里来雨里去，彼此温暖，相互支撑，尤其是杨绛，为丈夫的事业付出了很多很多，成就了钱钟书的大师名号，塑造了一代学贯中西的文魁泰斗。

他们有了爱情的结晶，有了天资聪颖的女儿，这是上苍给予他们最大的安慰，杨绛曾不无得意地说：“这是我唯一的杰作。”从此，他们仨幸福地生活在一起。

沧海桑田，人生短暂。他们一家的幸福本可以继续延续下去的，延续很多年，多么让人羡慕的幸福啊！然而，1994 年，杨绛先生却面临了一生中重大的打击：丈夫与女儿相继病倒，先后住进了医院。而这时候的她，已是八十多岁高龄的老人，丈夫和女儿，是她一生的至亲至爱啊，他们俩现在都那样地需要自己！

老人顾不上许多，她每天往返于两个医院，要亲自做可口营养的饭菜给他们，要精心照料他们的衣食起居，要耐心鼓励他们积极战胜病魔……总之，该做的她都做了，而且，做得非常精细，非常到位。照说，老天应该怜悯一下这位为了亲人殚精竭虑的老人，可是，老天就是不长眼啊，先是无情地夺走了女儿的生命，接着又夺走了丈夫的生命。两个至亲至爱的人，都这样离她远去了，留下孤单单的杨绛老人，无尽的痛苦与思念向她袭来……

杨绛先生在丈夫病倒时，曾想，万一他先我而去，也是无奈的事，我只要比他多活上一年，足矣。在她看来，照顾人方面，女人比男人到底略胜一筹。如果自己先行一步，丈夫会不知所措的。所以，她力争“夫在先，妻在后”，以为在这件非同寻常的事上不能乱了次序。

两位至亲至爱的人“逃离”了人世，杨绛原以为自己也可以与他们一起“逃离”的。然而，到了这时候，她清醒地认识到，自己还暂时逃离不了，遗留下那么多的事情谁去做呢？“我压根儿不能逃，得留在人世间，打扫现场，尽我应尽的责任”。

面对连续沉重的打击，她坚强地活了下来，为了一份感情，为了一份责任。让人钦敬的是，在九十高龄的时候，杨绛先生不仅翻译了柏拉图的《斐多篇》，还创作了《我们仨》《走到人生边上》；更令人震撼的是，钱钟书先生生前留下了大量手稿，尚未来得及整理，杨绛先生打开一个个麻袋，将零乱的稿纸清理出来，逐一加以编辑，2003 年出版了三卷本的《容安馆札记》；2004 年出版了《杨绛文集》；2011 年出版了二十卷本的《钱钟书手稿集》。这样繁杂的工作，对于年富力强的人当然算不了什么，可是对于一位世纪老人来说，她付出的岂止是心血啊！

翻开那一本本厚重的书卷，我相信这归功于一代大师杨绛先生的文学功底，但我更相信这得力于一种爱的力量。这样一份感天动地的爱，在这位老人的血管里流淌，激活了她身体里所有的细胞，让一个个文字发芽、生长、开花、结果，长久地流转于世间，蔚为大观。你即便读尽古今中外的爱情名篇，还会有多少文字能超越他们那份旷世之恋、绝世之爱呢？

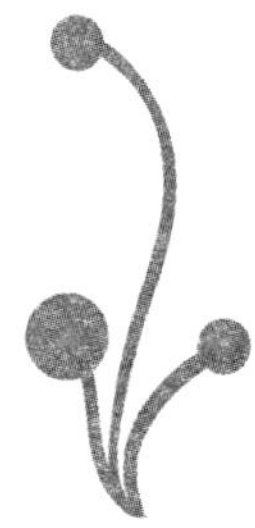

“葬花”犹作“惜花”吟

长篇小说《花殇》作者伍水清在后记中说，十八岁当兵入伍，离开农村来到城市，在城市生活了四十年，“我这个被改造过的城里人，血管里流淌的仍旧是乡村人的血液”。诚如有人说的那样，肉身在城市中栖居，而精神仍留恋于乡土。通过对乡村自然风景与生活场面的描写，不难看出，乡村是伍水清念念不忘的精神家园，也是他写作的珍贵资源。因一次回乡探亲偶遇童年的挚友，感叹岁月如刀，人生无常，于是催生出了这部二十万字的长篇小说，可视为他对旧时的生活、逝去的时光一种追忆、触摸与祭奠。

作者精心截取了当年乡村生活的若干片段，就像中国戏曲叙事中一个个“肉头戏”，有分量，有质感，有血肉，有呼吸，可谓草灰蛇线、纵横交错、不动声色、立体生动地反映了中国近六十年间的社会变化与人心变化，真切地表现了特殊阶段里农村的生活状貌，为读者展示出一轴有着广阔社会背景的画图。

毋庸置疑，这是一部以反映人物命运为主的长篇小说，作者成功地将历史叙事、乡村叙事与女性叙事融为一体。其中最为成功的是人物形象的塑造。作为一位有着深厚生活积淀与人文素养的作家，其内心充满了对女性生存状态与终极命运的关注与体恤，在《花殇》林林总总的众多人物中，集中体现于女主人公三妹的身上。三妹是这部小说的灵魂人物，我在阅读过程中，始终被三妹的命运牵挂着、导引着。三妹是一个聪慧漂亮、谦和有礼的城市女孩，这朵花本可以开放得绚烂多姿的，然而生不逢时，她不得已随着父母来到乡下，“就像一株生长在沃土里的瓜秧子，被移栽到贫瘠的旱地里以后，毫无选择，就在这里扎根、发芽、分枝、开花、结果，原本可以长出一片天地来，现在只能是隐忍无形了。”作者情不自禁发出这般感慨，昭示着这个女孩的命运不济。

在清寒冷寂的乡下，三妹遇见了心仪的少年牯牛，就像所有爱恋中的女孩一样，她完全可以收获自己的爱情与幸福，可是在那个讲出身的年头，她哪里能有自己的追求与选择呢？最后，迫于社会的压力与母亲的以死相逼，只好违心地嫁给了同样出身不好的刘佳慧，为他生儿育女、照顾老人、操持家务。

生活原可以这样安安静静过下去，孰料老天偏不长眼，给这个女子一系列致命的打击，让她相继失去亲人：爱女长霞得白血病夭折、疼爱她的婆婆突然过世、丈夫刘佳慧因煤矿瓦斯爆炸而丧生。如此，天都要塌下来了！一个女人，何以能承受这么多的打击？尽管作者面对人类的死亡显得冷静而理性：“每个人都早已开始死亡，或者说部分死亡，永别了数以千计的最后一次，就像一棵树上掉落了一片片的叶子。”然而，她笔下的人物毕竟难以支撑啊！三妹硬是咬着牙关硬撑了下来。为了儿子，她隐忍着，承受着，担当着，一路艰难地走了过来。老同学赵可沁大夫的出现，给她的生活带来了一丝亮光与生机，本来可以重新得到一种幸福的，可她老是记着算命先生的话，命里缺水，“何苦要去害别人呢？”就这样，她认命地放弃了。这个女人，就像作者借赵大夫之口感叹的那样："葬花"——一朵鲜花被埋葬了。是的，这朵曾经多么亮丽光鲜的花，在那样的特殊年代，"风刀霜剑严相逼"，散了花瓣，淡了粉颜。小说通过对三妹一生坎坷多舛悲剧性命运的叙述，以点带面地折射出一段时期中国社会的真实面貌，作者对三妹的悲悯与同情溢于字里行间。

后来的生活总算给三妹带来一点亮色和喜色，她的儿子长生，在外出打工的过程中化茧成蝶，一变而为著名的企业家。巨大的物质财富，为三妹提供了丰饶的生存基础，她从此可以在城里享受舒舒服服的富贵生活。读者随着小说情节的进展大大地松了一口气。始料未及的是，这个时候的三妹俨然一位地道的乡下人，她摒弃城里"烈火烹油、鲜花着锦"的繁华与富贵，毅然回到了乡下过着她粗茶淡饭、平静平淡的生活。从这里我们可以看出，作者在对三妹"葬花"的深切痛惜之后，体现出一种浓郁的"惜花"情怀，给予了人物一种强烈的人文关怀。三妹回到乡下，没有太多的欲望，只求安然的生活，以度过她的余生，这需要多大的定力和毅力啊！说到实质处，应得益于作者一种独特的审美观念。马德的一句话正好诠释了这种审美的实质："真正的安静，来自于内心。一颗躁动的心，无论幽居于深山，还是隐没在古刹，都无法安静下来。你的心最好不是招摇的枝柯，而是静默的根系，深藏在地下，不为尘世的一切所诱惑，只追求自身的简单和丰富。"我以为，对当今身处喧哗浮躁的闹市中人不能不说是一种启迪，生存的去向，灵魂的安放，到底哪里才是真正的故乡呢？或许，乡村的诗意更接近艺术的本质，与其说乡村是三妹最后的选择，倒不如说是作者伍水清自己的精神向往，既讴歌了乡村中美好的人性，又赞美了时代的发展与进步，同时还传递出对现代文明弊端的批判态度。

无疑，小说是语言的艺术，在这部小说中，因为人物都在乡村生活，故而无论是叙述语言还是人物语言，都显现出一种地域性，俚语方言比比皆是，充斥其间，读来真实可信。为了表现出生活的原生态，作者有时不得不让自己“粗鄙”起来，说几句乡下的野话、俗话。正因如此，她笔下的人物，一个个都鲜活起来了，栩栩如生站在你面前。

略显不足的是，近六十年的中国社会历史，时间跨度很大，二十万字的小说容量显然不够，总体上未免单薄，故事情节与人物活动表现亦欠充分、精细，显得有点粗糙，甚至有几分急躁。另外，全篇基本以写实为主，诗意与浪漫情怀的营造尚显不够。

走过荒原

某些时候，我会无端地陷入一种苦思冥想，念及日常生活中，常常会看到太阳、月亮和星星，会闻到花草、树木的芬芳，以为我们身处一个洁净、温暖和诗意的空间。然而，为什么总会有那么些看上去好端端的人，内心却颇不平静，甚至常怀不安、焦虑与忧伤呢？或许生活本就是万花筒，在铺满阳光和鲜花的路上，总会遇上风雨和霜雪的侵袭。

一个沉寂的秋夜，无风无雨，我在桌前摊开T.S艾略特的诗歌集《荒原》，联想到当下一些社会现实，感触颇深，感慨良多。诗人在《荒原》中虚构了一系列机智含蓄、说古道今的神话传说，借用种种丰富新颖的“意象”对现实生活予以描摹与观照。在貌似“潦草的松散的诗”里，不采用完整的叙述，而是通过迂回曲折的隐喻，“影射西方现代文明的堕落和精神生活的枯竭”。不言而喻，如此无疑增加了读者对诗歌解读的难度，尤其是大量典故在诗歌中的使用，颇有点类似中国古典诗词，未免显得晦涩深奥，不是那么容易理解的。

我似乎看到20世纪20年代初的青年诗人艾略特，一脸忧郁地站在历史的页面上，沉吟，沉吟。在他的眼里，到处是一片荒原：土地龟裂、石头发红、树木枯萎，这里的人精神恍惚、死气沉沉。在艾略特看来，“上帝与人、人与人之间失去了爱的联系，他们相互隔膜，难以交流思想感情，处于外部世界荒芜、内心世界空虚的荒废境地”。原来，年轻的诗人艾略特很早就接触到了社会，看到了现代城市生活的污秽与邪恶，看到了西方现代社会的空虚与无聊，看到了令人讨厌和恶心的人物，他试图以自己独特的感悟、以文学的形式来反映这样的现实生活，于是将肮脏的现实与奇特的梦幻结合起来，构建成一组触目惊心、撼人魂魄的现代画卷——诗歌集《荒原》。

《荒原》主要描述的是水荒，雨水是荒原最重要的需求，然而往往是雷声大雨点小，人们对雨的渴求更加强烈。如果我们深入进去细细阅读的话，不难发现，《荒原》里隐喻用得最多的是水，如干旱时想象中的泉水、淹死水手与船商的海水、隆隆雷声中所预示的雨水，等等。艾略特在诗歌中不仅仅暗示了水的重要性，而且暗示了水给外物带来生命的同时也有可能带来死亡的双重性，从而揭示了人们爱水怕水的深层心理矛盾。例如，追求与犹豫、欲望与失落、行动与不安、得到与失去等一系列相悖的心理与行为。总之，人在现实中的双重心理被诗人解析描写得惟妙惟肖、入情入理。尽管艾略特是生活在 20 世纪初的西方诗人，但读他的《荒原》无时不感到他好像描摹的就是我们当下的生活与心态。可想而知，人类的很多东西是相通的，思想、感情、意识、感受，莫不如此。

艾略特对他当时身处的社会充满疑虑与困惑，他看到了人间的苦难和困厄，听到了下层人民的呻吟与哀号，从而发出了这样的声音：“哪里是终了呀，这无声的哀号 / 这花瓣飘落，静止不动的 / 默默凋谢的一株株秋花？ / 哪里是终了呀，这漂浮的破船 / 这海滩上尸骨的祈祷， / 这在宣布不幸的时刻所做的无法祈祷的祈祷？”从这些诗句中，我们可以感受到诗人内心的巨大悲怆、对现实的极度关注、对劳苦大众的人文关怀、对改变现状一种无可奈何的慨叹。

我在阅读《荒原》时，久久琢磨“荒原”这一意象的含义，到底其中隐喻着什么呢？诗人曾经谈到过他创作《荒原》的动机，“不过是个人的消遣，对生活无足轻重的抱怨”，但是，我们徘徊于他的诗行时，分明感受到艾略特描写了一代人的不安，捕捉到了当时的整个时代精神，使“荒原”这一意象成为文明堕落与一代人精神空虚的代名词。

伏案品读，掩卷沉思，当我们停留在艾略特的“荒原”中时，是否会强烈地感受到自身也有可能处在一座可怕的荒原之城呢？是的，“荒原”其实就是一座围城，一座挤满了形形色色的人、堆满了形形色色的垃圾、长满了形形色色杂草之围城，我们需要尽快地从这座让你窒息、郁闷、困惑、不安、恐惧、挣扎的围城里走出来，走过荒原，寻找一个天高云淡、山清水秀的去处，期盼一场及时好雨，以求净化我们的心灵，洗涤我们的灵魂，安妥我们这颗动荡不安的心。

后　记

应凌翔老师邀约并严格审定通过的散文自选集《永恒在刹那间收藏》终于定稿，按一般的套路通常得说点什么。只是想说的太多了，到底要说些什么好呢？本想拟用我一本散文集《记忆房间》之后记权当后记的，然又觉得意犹未尽，那就再唠叨唠叨吧，说点与书与文字有关的闲话。

起笔时，突然想到一幅名画《富春山居图》，乃元代画家黄公望所作，山水疏密有致，墨色浓淡相宜，从总体看，并非只对富春山水做如实描绘，而是隐含着画家对这片山水的痴爱情怀。翻开长卷细细琢磨，其着墨的每一处痕迹，哪怕是浅浅的一抹，都洋溢着画家非同一般的眷念与用情。有人这样评价黄公望的《富春山居图》："凡数十峰，一峰一状，数百树，一树一态，雄秀苍茫，变化极矣。"我亦想改而用之，希望我的文字中"凡数十景，一景一状，数百人，一人一态，雄秀蕴藉，变化极矣。"也许不尽合适，甚至颇有牵强，但从中可见自己对营造一种独特的笔下景观、笔下情致、笔下气场的向往与眷顾。

对文字的执念与痴迷，让我一辈子困在书里。我的"篱笆书屋"，三面墙壁站满了书，高矮、厚薄不一，也算是坐拥书城吧？终究算不算一介书生呢？藏书、读书、教书、写书，与书为伍，按说也算是吧？我先给自己这样定位了。

回想20世纪末书本匮乏的中学时代，恰是读书的大好时机。一次，有位同学偶尔到我闺房转转，看到我桌上齐齐整整的书，惊讶我何以能有这么多书？适逢我买到和借到一些珍贵的中外名著，我只是笑笑，并未解释什么。也许从那时起，我就成了书的俘虏。中学阶段，我的语文成绩一直很好，在县里组织的统考中语文成绩位列第一。除了担任班级学习委员，还兼任语文课代表，每次作文，有的同学愁眉苦脸，而我都是开开心心、认认真真地写，还巴望着多上点写作课。作文交上去之后，总是期待着老师的批阅与点评，当老师在讲台上朗读与评析我的作文时，感觉真像过一个热闹的节日那般快乐。

后来考上大学，成为中文专业的学生，顺其自然；再后来成为高校的中文教授，顺其自然；最后成为文学创作者，顺其自然。是的，我的一生都在做我喜欢做的事，而且可以不断地做下去，直到生命的尽头，幸莫大焉！

我对自己的写作没有任何奢望，不图名利，不求闻达，不为获奖，只是一个随意而行的写作者，准确地说，一个生活的忠实记录者。我读过很多遍马可·奥勒留的《沉思录》，信奉他“写给自己”的写作态度。按照我的方式，一路前行，一路观景，一路循着内心的呼唤，将所见所感记录下来，把想说的话说出来，带着自己的体温，希望自己笔下一处又一处不凡的风景、一个又一个不凡的人物站成奇观，成为近似黄公望笔下雄峻秀丽、恬淡静谧的山水画图。当然，有点近似奢望了。

最近，幸运地遇见解放军报的资深编辑凌翔老师，他热情邀约参与“当代著名作家美文典藏”，多好的机会啊！欣喜的是作品主要不是给曾经沧海难为水的成人们看，而是给在人生道路上成长的中小学生阅读，这是多么舒心惬意的事！从2010年出版散文集《子夜独语》开始，再到2013年出版散文集《沉在湖底的天堂》，最后到2016年出版散文集《记忆房间》，说起来怪怪的，一个三年，两个三年，三个三年，三三得九，九生万物，九年时间了，行文百万字，不知不觉，还真是个收获的季节。我得将三个三年来的沉吟与思考，细细回味，编辑成册。整理若干时日，回头一看，竟然多为对过往生活的回忆，纤弱的身影，陪伴的亲人，苦涩而纯粹的生活，倔强而无奈的感受，时至今日，有几分亲切，也有几分陌生。

儿时的痴傻，成年的迷惘，异域的慨叹，书斋的沉吟，唱主角的多为自己。不管这出人生的戏唱得怎么样，终归是属于自己的生命印迹，有机会将若干瞬间串起来，算是留给自己的珠玉吧，敝帚自珍，此之谓也。

我的散文集《永恒在刹那间收藏》通过著名编辑的组稿、编辑、指导、把关，目前已经成型，即将付梓出版。值此之际，首先感谢著名作家、主编凌翔老师；感谢省、市作协给予的鼓励与支持，感谢诸多作家朋友一直积极鼓励，感谢总在关注我、鼓励我、支持我的诸位亲友。我的生命中与你们相遇，有你们一路陪伴，真好！

路漫漫，看不到尽头，但我一直在路上。

作者　许艳文

2018年10月于篱笆书屋